双子座文丛

高兴 —— 主编

Wo de Jimo shi Yi Tiao She

我的寂寞是一条蛇

冯　至 —— 著 / 译
冯姚平 —— 编选

漓江出版社
· 桂林 ·

图书在版编目（CIP）数据

我的寂寞是一条蛇 / 冯至著、译；冯姚平编选；高兴主编.
--桂林：漓江出版社，2023.1
ISBN 978-7-5407-9257-2

Ⅰ.①我… Ⅱ.①冯… ②冯… ③高… Ⅲ.①诗集－中国－当代②诗集－德国－近代③诗集－奥地利－现代Ⅳ.①I227
②I516.24③I521.25

中国版本图书馆CIP数据核字(2022)第128872号

WO DE JIMO SHI YI TIAO SHE

我的寂寞是一条蛇

冯至　著/译
冯姚平　编选

出版人：刘迪才
丛书策划：张谦
责任编辑：胡子博
书籍设计：曾意
责任监印：杨东

出版发行：漓江出版社有限公司
社址：广西桂林市南环路22号　邮编：541002
发行电话：010-65699511　0773-2583322
传真：010-85891290　0773-2582200
邮购热线：0773-2582200
电子信箱：ljcbs@163.com
微信公众号：lijiangpress
印制：北京中科印刷有限公司
［北京市通州区宋庄工业区1号楼101号 邮编：101118］
开本：880mm × 1230mm　1/32
印张：7.25　字数：163千字
版次：2023年1月第1版
印次：2023年1月第1次印刷
书号：ISBN 978-7-5407-9257-2
定价：48.00元

“双子座文丛”出版说明

文坛写书者多，译书者也不少，但著译俱佳的不多见。创作与翻译并举，在世界文学史和民国以来的汉语文学界均有详例，一批人中佼佼在创作大量优秀文学作品的同时，还向国内读者译介了诸多外国作家的作品，既是传统文化的传承者，又是异域文化的绍介者。出版“双子座文丛”目的之一，就是努力在这方面进行发现和总结。双子座，取意“著译两栖，跨界中西”，丛书第二辑收入的几位作家，除了领衔的冯至先生文章千古，彪炳后世，其余诸公，在文学创作领域多有建树，文学翻译水平亦为译坛认可。丛书的宗旨是诗人写诗、译诗，散文家写散文、译散文，小说家写小说、译小说，角度新颖独特，为国内首创。由于篇幅所限，本丛书只收精短作品和译品。

漓江出版社中外文学编辑部

冯至（1905—1993)

在北大求学时期的冯至（右二）和亲人

冯至在德国海德堡，1930 年

上 / 冯至在上海家中，1937 年初

下 / 冯至在西南联大期间，与夫人姚可崑携女儿
冯姚平游昆明大观园，1940 年代

在安徽参加“四清”工作时，冯至（前排中）与卞之琳（前排右一）等人合影，1964 年

冯至在魏玛歌德纪念馆纪念册上留言，1987 年

冯至在朗诵自己的十四行诗《威尼斯》，意大利西西里，1987年9月

终身伴侣——冯至和夫人姚可崑

目录

原创作品

翻译作品

※ 总序 ※

时光深处的矿藏

高兴

时光流逝，越来越容易陷入怀旧了。是老年的迹象在显露吗？我生出警觉，却也无可奈何。思绪常常转向并停留于上世纪八十年代，久久地，久久地，以至于间或会闪过一缕幻觉，仿佛重又置身于那个年代。回头想想，那真是金子般的年代：单纯，开放，真实，自由，充满激情和希冀，个性空间渐渐扩展，就连空气中都能感觉到一种积极向上的氛围，闪烁着理想主义和浪漫主义的光芒。

那时，整个社会都在倡导读书，鼓励思考、创造和讨论，号召勇攀科学高峰。我个人真正的阅读正是从那时，也就是从大学开始的。大学学习，紧张，而又充实。我们那批学生都异常用功，都有着明确和持久的动力和目标。在紧张学业的空隙，阅读，成为调剂和滋润，也有提高修养的意图。吸氧般地读。如痴如醉地读。杂乱无章地读。马不停蹄地读。总体上，诗歌作品读得多些，外国作品读得多些。那时，如果有某部作品，尤其是外国作品即将问世，消息会不胫而走，我们会连夜赶到王府井书店排队，就为了能购得自己渴盼的书籍。漓江出版社的《西方爱情诗选》就是以如此方式终于被我捧在手中的。还清楚地记得那是个小开本，轻盈的样子，不到三百页，定价为八毛钱，发行量竟达到了几十万册。于我，那可是本珍贵而亲爱的书，几乎伴我度过了青春时期最美好的时光。

阅读过程中发现，中国文坛上有一类特别的人，一类似乎散发着异样光芒和特殊魅力的人。他们既是优秀的作家，同时又是出色的译家。而作家和译家的双重身份让他们的文学天地变得更加开阔，更加悠远和迷人，也更加引人注目。鲁迅，周瘦鹃，周作人，茅盾，沈泽民，胡愈之，朱湘，赵景深，林语堂，戴望舒，朱光潜，郑振铎，冰心，巴金，穆旦（查良铮），朱生豪，丰子恺，楼适夷，朱雯，施蛰存，李健吾，冯至，卞之琳，徐迟，季羡林，陈敬容，萧乾，袁可嘉，杨绛……都是这样的人。那是一份长长的名单，也是一份闪光的名单，构成中国现当代文学史上一个又一个独特的存在。谈到穆旦（查良铮）先生，我们既会想起他无数的诗篇，也会想到他众多的译诗；谈到李健吾先生，我们既会想起他创作的长篇《心病》，也会想起他翻译的长篇《包法利夫人》；谈到戴望舒先生，我们既会想起他写的那首《雨巷》，也会想起他译的洛尔迦的《海水谣》；谈到冯至，我们既会想起他自己的诗句“我的寂寞是一条蛇”，也会想起他译的里尔克的诗句“谁这时孤独，就永远孤独”。同样，当我们读到卞之琳先生的《断章》，杨绛先生的《洗澡》，陈敬容先生的《老去的是时间》等作家作品时，也绝对会自然而然地想到《英国诗选》《堂吉诃德》《图像与花朵》等翻译作品。于他们，文学写作和文学翻译，既各自独立，又相互补充和丰富，最终融为一体，成为最完整意义上的创作。他们的贡献是双重的，有着特殊的意义和价值。他们的孤独也是双重的，是孤独与孤独的拥抱、互勉和团结。他们照亮了孤独，孤独反过来又照亮了他们。

有时，很难说他们的文学写作和文学翻译，孰轻孰重。特殊的历史缘由，中国现当代文学史中曾出现过断裂，甚至空白。恰恰就是在几个关键的时刻，他们的贡献和意义突显。远的不说，就说上世纪五十年代，正当百事待兴之时，当下之琳将莎士比亚，陈敬容将波德莱尔，徐迟将惠特曼，萧乾将哈谢克用汉语呈现出来时，会在中国读者心中造成怎样的冲击和感动。同样，上世纪七十年代末，当人们刚刚经历荒芜和荒诞的十年，猛然读到李文俊翻译的卡夫卡，李野光翻译的埃利蒂斯，袁可嘉翻译的叶芝，王佐良和郑敏先后翻译的勃莱，会感到多么的惊喜，多么的大开眼界。那既是审美的，更是心灵的，会直接或间接滋润、丰富和影响人的生活，会直接或间接打开写作者的心智。时隔那么多年，北岛、多多、柏桦、郁郁等诗人依然会想起第一次读到陈敬容译的波德莱尔诗歌时的激动，莫言、马原、阎连科、宁肯等小说家依然会想起第一次读到李文俊译的卡夫卡《变形记》时的震撼。我曾在不同场合说过，文学翻译曾引领不少中国作家走过了一段必要的路程。没有读到福克纳和马尔克斯，很难想象莫言的写作会走向哪条路数。没有读到转化成汉语的外国诗歌，同样很难想象北岛多多们会成为什么样子。

这些有着异样光芒和特殊魅力的前辈甚至影响了我的人生走向。我在大学学习罗马尼亚语。小语种，人才稀缺，原本有着众多的选择。但我毕业后，没去外交部，也没去经贸部，而是来到《世界文学》编辑部工作。当然是我自觉的选择。当然出于文学热爱，或者说是前辈影响的结果。从小就在邻居家里见过《世界文学》这份杂志，三十二开，不同于其他杂志，更像一本书，有好看的木刻和插图。早就知道它的历史和传统，也明白它的文学地位和影响。有很长一段时间，我索性称它为鲁迅和茅盾的杂志。不少名作都是在这份杂志上首先读到的。以前绝没有想到，有一天，自己竟然也能成为《世界文学》编辑队伍中的一员。我曾在一篇文章中描述过当时的激动和自豪：

我所景仰的冯至先生、卞之琳先生、季羡林先生、戈宝权先生等文学前辈都是《世界文学》的编委。这让我感到自豪。记得刚上班不久，高莽主编曾带我去看望冯至、卞之琳、戈宝权等老先生。在这些老先生面前，我都不敢随便说话，总怕话会说得过于幼稚，不够文学，不够水平，只好安静地在一旁听着，用沉默和微笑表达我的敬意。冯先生有大家风范，声音洪亮，不管说什么，都能牢牢抓住你的目光。戈先生特别热情，随和，让人感觉如沐春风。卞先生说话声音很柔，很轻，像极了自言自语，但口音很重，我基本上听不懂，心里甚至好奇：如果让卞先生自己朗诵他的《断章》，会是什么样的味道？

供职于《世界文学》之后，一直在苦苦寻觅理想译者。在我看来，理想译者就是有扎实的外文和中文功底，有厚重的文学修养和高度的艺术敏感，有知识面，有悟性、才情和灵气，同时又对文学翻译怀有热爱和敬畏之情的译者。最最理想的译者就是那些既有翻译实力，又有写作才华的译者。他们是译者中的译者。我因此满怀敬意和感恩，一次再一次地想到查良铮、李健吾、冯至、丰子恺、卞之琳、陈敬容、袁可嘉、杨绛、高莽、屠岸等先贤。

令人欣喜的是，这些先贤开创的传统得到了继承和延续。我因此满怀喜悦和欣赏，不禁又想到了西川、姚风、黄灿然、沈东子、李笠、汪剑钊、程巍、树才、田原、袁伟、石一枫等同道。而作为写作者，这些先贤和同道显然又更加开明，开阔，先进，智慧，无拘无束，同时个性十足。

这些特殊的人已然形成了一座座特殊的富矿。该如何从诗意和学术的高度来发掘和开采这一座座的富矿？漓江出版社“双子座文丛”对此有着美好的意图：

文坛写书者多，译书者也不少，但著译俱佳的不多见。创作与翻译并举，在世界文学史和民国以来的汉语文学界均有详例，一批人中佼佼在创作大量优秀文学作品的同时，还向国内读者译介了诸多外国作家的作品，既是传统文化的传承者，又是异域文化的绍介者。出版“双子座文丛”目的之一，就是努力在这方面进行发现和总结。双子座，取意“著译两栖，跨界中西”。

此外，我还想特别说的是，这套文丛更是一套致敬之书、期待之书，致敬已然属于“双子座”的前辈，期待正在走近或即将走向“双子座”的同道与后生。

2018 年 5 月 3 日于北京

原创作品

绿衣人

一个绿衣邮夫，
低着头儿走路，
也有时看看路旁。
他的面貌很平常，
大半安于他的生活，
不带着一点悲伤。
谁也不注意他
日日的来来往往。
但是在这疮痍满目的时代，
他手里拿着多少不幸的消息?
当他正在敲人家的门时，
谁又留神或想，
“这家人可怕的时候到了！”

1921

满天星光

我把这满天的星光，
聚拢在我的怀里，
把它们当作颗颗的泪珠，
用情丝细细地穿起——
穿成了一件外氅
披在爱人的身上！
还有那西边的
弯弯的月儿，
也慢慢取了下来，
去梳她那温柔的头发。

我们赞叹着古代的仙人，
我们吹着箫，
我们吹着笙，
我们的音调蜜吻，
我们御风而行，
我们到了天空，
天的最上层——
将外氅打开，
另把这满天的星斗安排！

重把笙箫合奏，
超脱了世上的荣华，
同那些浮浅的悲哀！

1923

暮　雨

醒后正黄昏，
窗外雨声淅淅，
啊，初春的暮雨！

把我的心儿掩埋了，
眼前又是一春的
落花飞絮……

1923

新的故乡

灿烂的银花
在晴朗的天空飘散；
金黄的阳光
把屋顶树枝染遍。

驯美的白鸽儿
来自什么地方？
它们引我翘望着
一个新的故乡：

汪洋的大海，
浓绿的森林，
故乡的朋友，
都在那里歌吟。

这里一切安眠
在春暖的被里，
我但愿向着
新的故乡飞去！

1923

小　船

心湖的
芦苇深处，
一个采菱的
小船停泊；

它的主人
一去无音信，
风风雨雨，
小小的船篷将折。

1923

你——

一天我委委屈屈地
向着你的明眸泣告——
人间是怎样的无情，
我感受的尽是苦恼。

你殷殷勤勤地劝我，
忧思，能够令人衰老；
你更问我能不能
向着你的明眸微笑！

你的话是雨后的南风，
将我的愁云尽都吹散；
但我仔细看你的眼眶里，
也是汪汪地泪珠含满。

1924

狂风中

无边的星海，
更像狂风一般激荡！
几万万颗的星球，
一齐地沉沦到底！

剩下了牛女二星，
在泪水积成的天河，
划起轻妙的小艇，
唱着哀婉的情歌。

愿有一位女神，
把快要毁灭的星球，
一瓢瓢，用天河的水，
另洗出一种光明！

1923

秋千架上

我躺在嫩绿的浅草上，
望着你荡起秋千；
春愁随着你荡来荡去，
尽化作淡淡的青烟。

我的姑娘，你看那落日，
它又在暮霭里消沉——
只剩下红云几抹，
冷清清，四顾无人！

春的歌

丁香花，你是什么时候开放的？
莫非是我前日为了她
为她哭泣的时候？

海棠的花蕾，你是什么时候生长的？
莫非是我为了她的憧影，
敛去了愁容的时候？

燕子，你是什么时候来到的？
莫非是我昨夜相思，
相思正浓的时候？

丁香、海棠、燕子，我还是想啊，
想为她唱些“春的歌”，
无奈已是暮春的时候。

1924

琴　声

绿树外，小窗内，
是谁家肯把
这样轻婉的幽思
缕缕地写在静夜里？

夜色随着琴声颤动，
颤动得山上山下的树
都开遍了花，
微风吹着花儿细语。

最后那弹琴人
情愿把沉逸的哀音
变为响亮，
好惹得远远近近
都泪琅琅
滴满了襟裳！

1924

海　滨

风吹着发，又长了一分，
苦闷也增了一寸；
雄浑无边的大海，
它怎管人的困顿！

那边是悲切的军笳，
树林里蝉声像火焰；
波浪把一座太阳
闪化作星光万点。

远远的归帆
告我新闻一件：
“有只船儿葬在海心，
在一个凄清的夜半！”

1924

雨　夜

树林里聚集着
无数的幽灵，
它们又歌又舞，
踏着风声雨声。

蟋蟀在草里鸣叫，
它们永不停息；
可有个行路的人
在林里迷失？

闪电闪在林里，
照给他一条小道——
蝉在树上骤然鸣，
鸟在谷中应声叫。

雷声击在林里，
幽灵们四方散去，
散到隐秘的地方，
唱着凄凉的歌曲：

“憔悴的马缨花须，
愁遍山崖的薜荔，
随着冷雨凄风
吹入人间的美梦里。”

1924

我是一条小河

我是一条小河
我无心从你身边流过，
你无心把你彩霞般的影儿
投入了河水的柔波。

我流过一座森林，
柔波便荡荡地
把那些碧绿的叶影儿
裁剪成你的衣裳。

我流过一片花丛，
柔波便粼粼地
把那些彩色的花影儿
编织成你的花冠。

最后我终于
流入无情的大海，
海上的风又厉，浪又狂，
吹折了花冠，击碎了衣裳！

我也随着海潮漂漾，
漂漾到无边的地方；
你那彩霞般的影儿
也和幻散了的彩霞一样！

1925

遥　遥

你那儿的芦花也白了，
我这儿的芦花也白了。
我凝神将芦花细数，
像是一里一程地走近了你；
我数尽了无数棵，
却终于是怅怅地——
千里外，真是遥遥啊！

你那儿的夕阳也要落了，
我这儿的夕阳也要落了。
黄金色的在云里，
恰似我那昨宵的梦。
一带模糊的青山，
轻轻描上了我的心头——
千里外真是遥遥啊！

你那儿的果子也熟了，
我这儿的果子也熟了。
绿色的失去了希望，
红色的尽都凋落了：

相思到了这般境地，
也只有听那流水的殷殷——
千里外真是遥遥啊！

在郊原

续了又断的
是我的琴弦，
我放下又拾起
是你的眉盼。
我一人游荡在郊原，
把恋情比作了夕阳奄奄。

它是那红色的夕阳，
运命啊淡似青山，
青山被夕阳烘化了
在茫茫的暮色里边。

我愿彷徨在空虚内，
化作了风丝和雨丝：
雨丝缀在花之间，
风丝挂在树之巅，
你应该是个采撷人，
花叶都编成你的花篮。

花篮里装载着

风雨的深情——
更丝丝缕缕的
是可怜的生命。

我一人游荡在郊原，
把运命比作了青山淡淡。
续了又断的
是我的琴弦，
我放下又拾起
是你的眉盼。

1925

工　作

聪明的姑娘啊，告诉我说，
我是一个可怜的人，
我应该怎样的工作？
我的春夏是有限的几天，
我的严冬啊，却是，
却是那样的久远！

我是不是应当，
为了那后日的荒凉——
从你的面庞摘下来
那永不凋残的花朵，
在我的心中注满了
你漾漾地眼角的柔波？

我是不是应当，
为了那后日的荒凉——
先听你千声万声的呼唤，
在空中化作了旗幡一扇，
它引导着我，（万事苍苍，）
走入将来的人海茫茫！

蛇

我的寂寞是一条蛇，
静静地没有言语。
你万一梦到它时，
千万啊，不要悚惧！

它是我忠诚的侣伴，
心里害着热烈的乡思：
它想那茂密的草原——
你头上的、浓郁的乌丝。

它月影一般轻轻地
从你那儿轻轻走过；
它把你的梦境衔了来
像一只绯红的花朵。

1926

风　夜

“也是这样的风夜，
也是这样的秋天，
我把生命酿成美酒，
频频地送到你的唇边，
一盏，两盏，三盏……”

我屈指殷殷地暗算，
恰恰地满了一年，
我沉埋在这座昏黄的城里，
像海上被了难漂散的船板，
一片，两片，三片……

我今宵静息在秋星下，
如船板漂聚到海湾，
它们再也挡不起海上的汹涛，
我也怕望那风中的星焰，
一闪，两闪，三闪……

1926

蚕　马

1

溪旁开遍了红花，
天边染上了春霞，
我的心里燃起火焰，
我悄悄地走到她的窗前。
我说，姑娘啊，蚕儿正在初眠，
你的情怀可曾觉得疲倦？
只要你听着我的歌声落了泪，
就不必打开窗门问我，“你是谁？”

在那时，年代真荒远，
路上少行车，水上不见船，
在那荒远的岁月里，
有多少苍凉的情感。
是一个可怜的少女，
没有母亲，父亲又远离，
临行的时候嘱咐她，
“好好耕种着这几亩田地！”

旁边一匹白色的骏马，

父亲眼望着女儿，手指着它，
“它会驯良地帮助你犁地，
它是你忠实的伴侣。”
女儿不懂得什么是别离，
不知父亲往天涯，还是海际。
依旧是风风雨雨，
可是田园呀，一天比一天荒寂。

“父亲呀，你几时才能够回来？
别离真像是汪洋的大海；
马，你可能渡我到海的那边，
去寻找父亲的笑脸？”
她望着眼前的衰花枯叶，
轻抚着骏马的鬣毛，
“如果有一个亲爱的青年，
他必定肯为我到处去寻找！”

她的心里这样想，
天边浮着将落的太阳，
好像有一个含笑的青年，
在她的面前荡漾。
忽然一声响亮的嘶鸣，
把她的痴梦惊醒；
骏马已经投入远远的平芜，
同时也消逝了她面前的幻影。

2

温暖的柳絮成团，
彩色的蝴蝶翩翩，
我心里正燃烧着火焰，
我悄悄地走到她的窗前。
我说，姑娘啊，蚕儿正在三眠，
你的情怀可曾觉得疲倦？
只要你听着我的歌声落了泪，
就不必打开窗门问我，“你是谁？”

荆棘生遍了她的田园，
烦闷占据了她的日夜，
在她那寂静的窗前，
只叫着喳喳的麻雀。
一天又靠着窗儿发呆，
路上远远地起了尘埃；
（她早已不做这个梦了，
这个梦早已在她的梦外。）

现在啊，远远地起了尘埃，
骏马找到了父亲归来；
父亲骑在骏马的背上，
马的嘶鸣变成和谐的歌唱。
父亲吻着女儿的鬓边，

女儿拂着父亲的征尘；
马却跪在她的身边，
止不住全身的汗水淋淋。

父亲像宁静的大海，
她正如莹晶的皎月，
月投入海的深怀，
净化了这烦闷的世界。
只是马跪在她的床边，
整夜地涕泗涟涟，
目光好像明灯两盏，
“姑娘啊，我为你走遍了天边！”

她拍着马头向它说，
“快快地去到田里犁地！
你不要这样癫痴，
提防着父亲要杀掉了你。”
它一些儿鲜草也不咽，
半瓢儿清水也不饮，
不是向着她的面庞长叹，
就是昏昏地在她的身边睡寝。

3

黄色的蘼芜已经凋残，
到处飞翔黑衣的海燕，

我的心里还燃着余焰，
我悄悄地走到她的窗前。
我说，姑娘啊，蚕儿正在织茧，
你的情怀可曾觉得疲倦？
只要你听着我的歌声落了泪，
就不必打开窗门问我，“你是谁？”

空空旷旷的黑夜里，
窗外是狂风暴雨；
壁上悬挂着一张马皮，
这是她惟一的伴侣。
“亲爱的父亲，你今夜
又流浪在哪里？
你把这匹骏马杀掉了，
我又是凄凉，又是恐惧！

“亲爱的父亲，
电光闪，雷声响，
你丢下了你的女儿，
又是恐惧，又是凄凉。”
“亲爱的姑娘，
你不要凄凉，不要恐惧！
我愿生生世世保护你，
保护你的身体！”

马皮里发出沉重的语声，
她的心儿怦怦，发儿悚悚；
电光射透了她的全身，
马皮又随着雷声闪动。
随着风声哀诉，
伴着雨滴悲啼，
“我生生世世地保护你，
只要你好好地睡去！”

一瞬间是个青年的幻影，
一瞬间是那骏马的狂奔；
在大地将要崩溃的一瞬，
马皮紧紧裹住了她的全身！
姑娘啊，我的歌儿还没有唱完，
可是我的琴弦已断；
我惴惴地坐在你的窗前，
要唱完最后的一段：
一霎时风雨都停住，
皓月收束了雷和电；
马皮裹住了她的身体，
月光中变成了雪白的蚕茧。

1925

［附注］

传说有蚕女，父为人掠去，惟所乘马在。母曰："有得父还者，以女嫁焉。"马闻言，绝绊而去。数日，父乘马归。母告之故，父不可。马咆哮，父杀之，曝皮于庭。皮忽卷女而去，栖于桑，女化为蚕。

——见干宝《搜神记》

湖　滨

眼前闪烁着天国的晴朗，
心里蕴积着地狱的阴森；
是怎样一种哀凉的情绪，
把我引到了这夜半的湖滨？
凝聚着这样深沉的衷曲，
是这样一片宁静的湖心。

世界早已不是乐园，
人生是一座广大的牢狱；
我日日夜夜高筑我的狱墙，
我日日夜夜不能停息，
我却又日日夜夜地思量，
怎样才能从这狱中逃去？

心里的火熊熊地燃起，
眼前的光又点点地逼近，
它们也不肯随着落月消沉，
纵使我把满湖的湖水吸尽。
“朋友，你不要焦闷，
来日啊，还有更强烈的烧焚。”

1926

迟 迟

落日再也没有片刻的淹留，
夜已经赶到了，在我们身后。
万事匆匆地，你能不能答我一句？
我问你——
你却总是迟迟地，不肯开口。

泪从我的眼内苦苦地流；
夜已经赶过了，赶过我的眉头。
它把我面前的一切都淹没了；
我问你——
你却总是迟迟地，不肯开口。

现在无论怎样快快地走，
也追不上了，方才的黄昏时候。
歧路上是分开呢，还是一同走去？
我问你——
你却总是迟迟地，不肯开口。

1926

园　中

你怎么就不肯
抬起头儿看一看，
满墙上浓红的薜荔，
——用血染就的相思！

你怎么也不肯
低下头儿看一看，
满地上黄叶干枯，
——爱情到了这般地步！

雪　中

感谢上帝呀，画出来这样的画图，
在这寂寞的路旁，画上了我们两个；
雪花儿是梦一样地缤纷，
中间更添上一道僵冻的小河。

我怀里是灰色的、岁暮的感伤，
你面上却浮荡着绯色的春光——
我暗自思量啊，如果画图中也有声音，
我心里一定要迸出来：“亲爱的姑娘！”

你是深深地懂得我的深意，
你却淡淡地没有一言半语；
一任远远近近的有情无情，
都无主地飘蓬在风里雪里。

最后我再也忍不住这样的静默，
用我心里惟一的声音把画图撕破。
雪花儿还是梦一样地迷蒙，
在迷蒙中再也分不清楚你我。

1926

什么能够使你欢喜

你怎么总不肯给我一点笑声，
到底是什么声音能够使你欢喜？
如果是雨啊，我的泪珠儿也流了许多；
如果是风呢，我也常秋风一般地叹气。
你可真像是那古代的骄傲的美女，
专爱听裂帛的声息——
啊，我的时光本也是有用的彩绸一匹，
我为着期待你，已把它扯成了千丝万缕！

你怎么总不肯给我一点笑声，
到底是什么东西能够使你欢喜？
如果是花啊，我的心也是花一般地开着；
如果是水呢，我的眼睛也不是一湾死水。
你可真像是那古代的骄傲的美女，
专爱看烽火的游戏——
啊，我心中的烽火早已高高地为你燃起，
燃得全身的血液奔腾，日夜都不得安息！

1926

给盲者

朋友啊，请你为了我
不要再抱怨你那黑暗的运命，
不要说，你的面前只有黑暗的人生。
我愿拿我的不幸来劝慰你，
因为我的面前是个永久的，
永久黑暗的爱情。

黑暗的人生在你的弦上
你能让它花儿一般地开落，
你能从它的悲哀里弹出来一些儿欢乐；
我黑暗的爱情却总是阴沉——
也没有一缕的声音
和一丝的颜色……

桥

“你同她的隔离是海一样地宽广。”
“纵使是海一样地宽广，
我也要日夜搬运着灰色的砖泥，
在海上建筑起一座桥梁。”

“百万年恐怕这座桥也不能筑起。”
“但我愿在几十年内搬运不停，
我不能空空地怅望着彼岸的奇彩，
度过这样长、这样长久的一生。”

1926

希　望

在山丘上松柏的荫中，
轻睡着一个旧的希望。
正如松柏是四季长青，
希望也不曾有过一次梦醒。
它虽是受伤的野兽一般
无力驰驱于四野的空旷，
我却愿长久地缓步山丘，
抚摸着这轻睡的旧的希望。

1927

饥　兽

我寻求着血的食物，
疯狂地在野地奔驰。
胃的饥饿、血的缺乏、眼的渴望，
使一切的景色在我的面前迷离。

我跑上了高山，
尽量地向着四方眺望；
我恨不能化作高空里的苍鹰，
因为它的视线比我的更宽更广。

我跑到了水滨，
我大声地呼叫；
水的彼岸是一片沙原，
我正好到那沙原上边奔跑。

我跑入森林里迷失了出路，
我心中是如此疑猜：
纵使找不到一件血的食物，怎么
也没有一支箭把我当作血的食物射来？

1927

春　愁

泪珠润去了，你面上的铅华，
像暮雨洗却了，那天外的红霞；
死灭的电灯，也仿佛在照着你的面庞，
阴阴的雾雨，渲染着全市的昏黄。
雨丝，电线，织成稠稠密密的网，
我们的情爱有如两只无力的苍蝇，
嘤嘤地，嘤嘤地，被粘在这无边的网上。

楼窗外，一片土红色，铅板的房顶，
把全市民的悲欢，盖得这般平稳！
到处是疲倦的声音，憔悴的颜色，
阴湿同寒冷，让我们深深地咀嚼——
异乡的女子呀，你的心房真是一座病院；
我可能长此睡在当中，作一生
哀苦的呻吟，热狂的梦幻？

北　游

他逆着凛冽的夜风，上了走向那大而黑暗的都市，即人性和他们的悲痛之所在的艰难的路。

——望·蔼覃:《小约翰》[1]

1　前言

歧路上彷徨着一些流民歌女，
疏疏落落地是凄冷的歌吟；
人间啊，永远是这样穷秋的景象，
到处是贫乏的没有满足的声音。
我是一个远方的行客，
走入一座北方都市的中心。
窗外听不见鸟声的啼唤，
市外望不见蔚绿的树林；
天空点染着烟筒里冒出的浓雾，
街上响着车轮轧轧的噪音。
一任那冬天的雪花纷纷地落，
秋夜的雨丝洒洒地淋！

---

① 望·蔼覃（Van Eeden,1860—1932），荷兰作家、医生，其名作《小约翰》为鲁迅所译。

人人裹在黑色的外套里，
看他们的面色吧，阴沉，阴沉……

2 别

我离开那八百年的古城，
离开那里的翠柏苍松，
那里黄色的琉璃瓦顶
和那红色栏杆的小亭，
我只想长久地和它们告别，
把身体委托给另外的一个世界；
我明知我这一番的结果，
是把我的青春全盘消灭。
临行时只思念着一个生疏的客人，
他曾经抱着寂寞游遍全世，
我愿意叫他一声“我的先生”，
我愿听他给我讲述他的经历。
猛抬头，一条小河，水银一般，
婉婉转转地漂来了莲灯一盏，
清冷的月色使我忽然想起，
啊，今天是我忘掉了的中元。
我恨不能从我的车窗跳下，
我恨不能把莲灯捧在胸前。
月光是这样地宁静、空幻，
哪容我把来日的命运仔细盘算。
我只想把那莲灯吻了又吻，

把灯上的火焰吞了还吞，
它仿佛是谁人的派遣，
给我的生命递送几分殷勤。
终于呀，莲灯向着远方漂去，
火车载我走过了一座树林，
好像有个寂寞的面孔向我微笑，
它微笑的情调啊，阴沉，阴沉……

3 车中

我静静地倚靠着车窗，
把过去的事草草地思量，
回头看是一片荒原，
荒原里可曾开过一朵花，涌过一次泉？
我静静地倚靠着车窗，
把将来的事草草地思量，
前面看是嵯峨的高山，
可有一条狭径让我走，一座岩石供我攀？
我在这样的情况当中，
可真是和我的过去永久分手？
再也没有高高的城楼供我沉思，
再也没有荫凉的古松伴我饮酒；
如今的荒野里只有久经风霜的老槐，
它们在嘲笑着满车里孤零的朋友。

月亮圆圆地落，

晓风阵阵地吹，
这时地球真在骎骎地转，
车轮不住促促地催。
秦皇岛让我望见了一湾海水，
山海关让我望见了一角长城；
既不能到海中央去随着海鸥飞没，
也不能在万里长城上望一望万里途程。
匆匆地来，促促地去，什么也不能把定，
匆匆地来，促促地去，匆促的人生！

我从那夏的国里，
渐渐地走入秋天，
冷雨凄凄地洒，
层云叠叠地添。
水边再也没有依依的垂柳，
四野里望不见蔚绿的苍松，
在我面前有两件东西等着我：
阴沉沉的都市，暗淡淡的寒冬！
沉默笼罩了大地，
疲倦压倒了满车的客人。
谁的心里不隐埋着无声的悲剧，
谁的面上不重叠着几缕愁纹，
谁的脑里不盘算着他的希冀，
谁的衣上不着满了征尘。
我仿佛没有悲剧，也没有希冀，

只是呆呆地对着车窗，阴沉，阴沉……

4　哈尔滨

听那怪兽般的汽车，
在长街短道上肆意地驰跑，
瘦马拉着破烂的车，
高伸着脖子嗷嗷地呼叫。
犹太的银行、希腊的酒馆、
日本的浪人、白俄的妓院，
都聚在这不东不西的地方，
吐露出十二分的心足意满。
还有中国的市侩，
面上总是淫淫地嘻笑。
姨太太穿着异样的西装，
纸糊般的青年戴着瓜皮小帽，
太太的脚是放了还缠，
老爷的肚子是猪一样地肥饱。
在他们“幸福”的面前，
满街都洒遍了金银，
更有那全身都是毒菌的妓女，
戴着碗大的纸花摇荡在街心。
我像是游行地狱，
一步比一步深，
我不敢望那欲雨不雨的天空，
天空充满了阴沉，阴沉……

5 雨

接连下了三宵的寒雨，
顿觉得像是深秋天气。
我寞寞地打开我的行箧，
我寞寞地捡起一件夹衣——
啊，真是隔世一般，像从古墓中
挖出来残骸余体。
这是我过去的青春吗，
上边可有我一点繁荣的痕迹？
神，请你多给我些雨一般的泪珠，
我愿把痕迹通通洗去。

昨日的春天已经到了芬芳的时刻，
满园的梨花都要开了，
今朝因为要换夹衣，
所以分外起得早。
心里充满了期待的情绪，
“夹衫乍著心情好！”
在清凉里我穿着这件夹衣，
不住地向着朝霞走去，
直到那血红的太阳涌出来，
我向着它深深地呼吸。
那时我体验了爱情，青春的爱情，
那时我体验了生命，青春的生命！

在清凉里我穿着这件夹衣，
傍着黄昏的池塘绕来绕去，
水里照映出新月一弯，
我向着它轻轻地叹息。
那时我体验了爱情，青春的爱情，
那时我体验了生命，青春的生命！
我穿着它拜访过初相识的友人，
紧握着一本写遍了命运的诗集，
凝望着天空朵朵的白云，
要把它们朵朵地揣在衣袋里。
如今衣袋里的“白云”都已无形消散，
幻想在我的面前一闪一闪地闪去……
空望着雨中的异地风光，
心中充满了怅惘的情绪。
情怀已经不似旧时，
怎当得起这旧日的衣裳，异乡的天气！
怎么几个月的隔离，
心情竟会这般差异？
仿佛是几十年的隔离，
心情竟有这般的差异！

走进来一位老实的客人——
“朋友啊，这件夹衣太短小，
我劝你再做一件。”
“我感谢你，感谢你的劝告。”

我像是荒林中的野兽
没有声息地死守荒林，
把这件夹衣当作天空的云彩，
我要披着它把旧梦追寻。
往日的遗痕，
往日的芳芬，
泪珠儿究竟不能雨一样地洗，
泪眼却是雨云一样地阴沉、阴沉……

6　公园

商店里陈列着新鲜的货品，
酒馆里沸腾着烟酒的奇香，
我仿佛在森林里迷失了路径，
“朋友呀！你可愿在这里埋葬？”

我战兢兢走入公园，
满园里刮遍了秋风，
白杨的叶子在夕阳里闪，
我立在夕阳闪烁的当中。
园外是车声马声，
园内是笑声歌声，
我尽量地看，尽量地听，
终归是模糊不定，隔了一层。
我回忆起我的童年，
和宇宙是怎样地亲爱，

我能叫月姑娘的眉儿总是那样地弯，
我能叫太阳神的车轮不要那样地快。
现在呀，一切都同我疏远，
无论是日升月落，夏去秋来，
黄鹂再不在我的耳边鸣啭，
昏鸦远远地为我鸣哀。

一切都模糊不定，隔了一层，
把“自然！”呼了几遍，
把“人生！”叫了几声。
我是这样地虚飘无力，
何处是我生命的途程?
我敬爱
那样的先生——
他能沉默而不死，
永远做一个无名的英雄；
但是我只能在沉默中死去，
无名而不是英雄。
我崇拜
伟大的导师——
使我们人类跌而复起，
使我们人类死而复生，
使我们不与草木同腐，
风雨后他总给我们燃起一盏明灯；
无奈我的眼光是那样薄弱，

风雨里看不出一点光明。
我羡慕
为热情死去的少女少男——
在人的心上
留了些美的忆念。
啊，我一切都不能，
我只能这样呆呆地张望，
望着市上来来往往的人们，
人人的肩上担着个天大的空虚，
此外便是一望无边的阴沉，阴沉……

7 咖啡馆

漫漫的长夜，
再也杀不出这黑夜的重围，
多少古哲先贤不能给我一字的指导，
他们和我可是一样地愚昧？
已经没有一点声音，
啊，窗外的雨声又在我的耳边作祟。

去，去，披上我的外衣，
不管风是怎样暴，雨是怎样狂，
哪怕是坟地上的鬼火呢，
我也要找出来一粒光芒。

街灯似乎都灭了，

满路上都是泞泥，
我的心灯就不曾燃起，
满心里也是泞泥。
路上的泞泥会有人扫除，
心上的泞泥却无法处理。

我走入一座咖啡馆，
里边炫耀着彩色的灯罩，
没有风也没有雨了，
只有小歌曲伴着简单的音乐。
我望着那白衣的侍女，
我躲避着她在没有人的一角；
她终于走到我的身边，
我终于不能不对她微笑：
“异乡的女子，我来到这里，
并不是为了酒浆，
只因我心中有铲不尽的泞泥，
我的衣袋里有多余的纸币一张。”
我望着她一副不知愁的面貌，
她把酒不住缓缓地斟，
我的心并不曾感到一点轻松，
只是越发加重了，阴沉，阴沉……

8 中秋

中秋节的夜里，家家充满了欢喜，

到处是麻雀牌的声息，
男的呼号，女的嘻笑，
大屋小室都是恶劣的烟气；
锣鼓的喧豗震破了天，
鸡鸭的残骸扔遍了地。
官僚、买办、投机的富豪，
都是一样地忘掉了自己。
他们不知道，背后有谁宰割，
他们的运命握在谁的手里。
女人只看见男人衣袋中的金钱，
男人只知道女人衣裙里的肉体。

我也参加了一家的宴会，
一个赭色面庞的男子向我呼叫：
“朋友啊，你来自北京，
请为大家唱一出慷慨淋漓的京调！”
我无言无语地谢绝了他，
我无言无语地离开了这座宴席，
我走出那热腾腾的蒸锅，
冰冷的月光浇得我浑身战栗。
我望着明月迟迟自语，
我到底要往哪里走去？

松花江上停泊着几只小艇，
松花江北的北边，该是什么景象？

向北望，是西伯利亚大陆，
风雪的故乡！
那里的人是怎样地在风雪里奋斗，
为了全人类做那勇敢的实验；
这里的人把猪圈当作乐园，
让他们和他们的子孙同归腐烂！

正如一人游泳在大海里，
一任那波浪的浮沉，
我坐在一只小艇上，
它把我载到了江心。
我像是一个溺在水里的儿童，
心知这一番再也不能望见母亲，
随波逐流地，意识还不曾消去，
还能隐隐地望见岸上的乡村：
在那浓绿的林中，
曾经期待过美妙的花精，
在那泥红的墙下，
曾经听过寺院里的钟声。
一扇扇地闪在他幼稚的面前，
他知道前面只是死了，没有生。
我只想就这样地在江心沉下，
像那天边不知名的一个流星；
把过去的事想了又想，
把心脉的跳动听了还听——

一切的情，一切的爱，
都像风吹江水，来去无踪。

生和死，是同样地秘密，
一个秘密的环把它们套在一起，
我在这秘密的环中，
解也解不开，跑也跑不出去。
我望着月光化作轻烟，
我信口唱出一些不成腔调的小曲，
这些小曲我不知从何处学来，
也不知要往哪儿唱去！

我望着宁静的江水，拊胸自问：
我生命的火焰可曾有几次烧焚？
在几次的烧焚里，
可曾有一次烧遍了全身？
二十年中可有过真正的欢欣？
可经过一次深沉的苦闷？
可曾有一刻把人生认定，
认定了一个方针？
可真正地读过一本书？
可真正地望过一次日月星辰？
欺骗自己，我可曾真正地认识
自己是怎样的一个人？
我全身的血管已经十分紊乱，

我脑里的神经也是充满纠纷；
低着头望那静默的江水，
江水是那样阴沉，阴沉……

9 礼拜堂

我徘徊在礼拜堂前，
上帝早已失却了他的庄严。
夕阳里的钟声只有哀婉，
仿佛说，“我的荣华早已消散。”
钟声啊，你应该回忆，
回忆几百年前的情景：
那时谁听见你的声音不动了他的心，
谁听见你的声音不深深地反省：
老年人听见你的声音想到过去，
少年人听着你的声音想到他事业的前程，
慈母抱着幼儿听见你的声音，
便画着十字，“上帝呀，保佑我们！”
还有那飘流的游子，
寻求圣迹的僧人，
全凭你安慰他们，
安慰他们的孤寂、他们的黄昏。
如今，他们已经寻到了另一个真理，
这个真理并不是你所服务的上帝。
你既不能增长他们的悲哀，
也不能助长他们的欢喜；

他们要把你熔化，
铸成一把锄头，
去到田间耕地。
你躲在这无人过问的、世界的一角，
发出来这无人过问的、可怜的声息！

我徘徊在礼拜堂前，
巍巍的建筑好像化作了一片荒原。
乞丐拉着破提琴，
向来往的行人乞怜。
忽然喉咙颤动了，
伴着琴声，颤颤地歌唱。
凋零的朋友呵，我有什么勇气，
把你的命运想一想：
你也许曾经是人间的骄子，
时代的潮流把你淘成这样；
你也许是久经战场的健儿，
一旦负了重伤；
你也许为过爱情烦恼；
你也许为过真理发狂……
一串串的疑问在我的心里想，
一串串的疑问在你的唇边唱。
一团团命运的哑谜，
想也想不透，唱也唱不完……
……

……

啊，这真是一个病的地方，

到处都是病的声音——

天上哪里有彩霞飘扬，

只有灰色的云雾，阴沉，阴沉……

10　秋已经……

秋已经像是中年的妇人，

为了生产而憔悴，

一带寒江有如她的玉腕，

一心要挽住落日的余晖。

东方远远地似雾非烟，

遮盖了她的愁容，遮没了她的双肩，

她可一心一意地梦想，

梦想她少年的春天？

她终于挽不住西方的落日，

却挽住了我的爱怜，

爱怜里没有温暖的情味，

无非是彼此都感到了衰残。

但是秋啊，你也曾经开过花，

你也曾经结过果，

我的花儿可曾开过一朵，

我的果子可曾结过一个？

从此我夜夜叹息，

伴着那雨声淋淋……
从此我朝朝落泪，
望着那落叶纷纷……
从此我在我的诗册上，
写遍了阴沉，阴沉……

11 “Pompeii”①

夜夜的梦境像是无底的深渊，
深沉着许许多多的罪恶；
朝朝又要从那深渊里醒来，
窗外的启明星摇摇欲落！
一次我在梦的深渊里，
走入了 Pompeii 的故墟，
摸索着它荣华的遗迹，
仿佛也看见了那里的卖花女子；
淡红的夕阳奄奄，
伴着我短叹长嘘。
这次的醒来，夜还不曾过半，
我听那远远的街心，
乞儿的琴弦还没有拉断。

我怀念着古代的 Pompeii 城，
坐在一家叫作 Pompeii 的酒馆里，

① 意大利古城，在维苏威山下。公元 79 年，维苏威火山爆发，全城湮没，18 世纪才又被发掘出来。这里是一个酒馆的名字。——作者注

酒正在一杯一杯地倒，
女人们披着长发，唱着歌曲：
“喝酒吧！跳舞吧！
只有今宵，事事都由我们做主。
把灯罩染得血一样地红，
把烛光燃得鬼一样地绿！
明天呀，各人回到各人的归宿，
这里自然会成了一座坟墓。”
听这沉郁的歌声，
分明是世界末日的哀音，
一团团烟气缭绕，
可是火山又要崩焚？
崩焚吧，快快崩焚吧！
这里的罪恶比当年的 Pompeii 还深：
这里有人在计算他的妻子，
这里有人在欺骗他的爱人，
这里的人，眼前只有金银，
这里的人，身上只有毒菌，
在这里，女儿诅咒她的慈母，
老人在陷害他的儿孙；
这里找不到一点真实的东西，
只有纸做的花，胭脂染红的嘴唇。
这里不能望见一粒星辰，
这里不能发现一点天真。
我也要了一杯辛辣的酒，

一杯杯浇灭我的灵魂；
我既不为善，更不作恶，
忏悔的泪珠已不能滴上我的衣襟。
看这些男女都拥在一起，
在这宇宙间最后的黄昏。
快快地毁灭，像是当年的 Pompeii，
最该毁灭的，是这里的这些游魂！
明天，一切化成灰烬，
日月也没有光彩，阴沉，阴沉……

12　追悼会

不知不觉地，树叶都已落尽，
日月的循环，在我已经不生疑问；
我只把自己关在房中，空对着
《死室回忆》作者[①]的像片发闷。
忽然初冬的雪落了一尺多深，
似乎接到了一封远方的音信，
它从沉睡中把我唤醒，
使我觉得我的血液还在循环，
我的生命也仿佛还不曾凋尽。

松花江的两岸已经是一片苍茫，
分明是早晨的雪，却又像是夜月的光，

---

① 指陀斯妥也夫斯基。——作者注

我望不见岸北的楼台，
也望不清江上的桥梁，
空望着这还未结冰的江水，
“这到底是什么地方？”
“你不知道吗，
你可是当真忘记?
这里已经埋葬了你一切的梦幻，
在那回中秋的夜里。
你看这滚滚不息的江水，
早已把它们带入了海水的涛浪。
望后你要怎么样，
你要仔细地思量；
不要总是呆呆地望着远方，
不要只是呆呆地望着远方空想！”
啊，今天的宇宙，谁不是白衣白帽，
天空是那样地严肃，
雪在回环地舞蹈。
原来它们为了我
做一番痛切的追悼！

这里埋葬了我的梦幻，
我再也不愿在这里长久逡巡；
在这样的追悼会里，
空气是这样地阴沉，阴沉……

13　尾声

此后我的屋窗便结了冰霜，
我的心窗也透不进一点新的空气，
我像是一条冬天的虫，
一动不动地入了冬蛰。
“朋友啊，你这一月像老了一年。”
“老并不怕，我只怕这样长久地睡死。”
此后的积雪便铺满了长街，
日光也没有一点融解的热力，
我像是那街上的积雪，
一任命运的脚步踩来踩去。
“朋友啊，你这一月像老了一年。”
“老并不怕，我只怕这样长久地睡死。”
我不能这样长久地睡死，
这里不能长久埋葬着我的青春，
我要打开这阴暗的坟墓，
我不能长此忍受着这里的阴沉。

1928 年 1 月 1 日　三时

一盆花

——送给一个独身的女人

盆里的泥土是你生命的苦痛，
爱便是开在泥土上的花朵，
请你好好地把这花儿看护，
不要教它受了风雨的摧折。

用你滴滴的清泪灌溉吧，
它的颜色也不会怎样地鲜艳；
教它在已经够了的水分中
有时呀感到了一些儿不满。

它终会很自然地凋谢了，
你再用盆里的泥土把它埋葬；
到那时你会松松地叹了一声，
感到了一种寂寞的舒畅。

听——

我的心里演奏着什么音乐，
我自己也不能说明。
也许是深秋的小河同落叶
低吟着一段旧日的深情，
也许是雷雨的天气
狂叫着风雨和雷霆：
你喜欢的是怎样的声息，
只要看你是怎样地一听！

如果你是一片淡淡的情绪，
它哀诉的声音便充满了凄清——
它说旧日也散布过爱的种子，
可是希望的嫩叶都已凋零……

如果你紧紧地向我的心房挨近，
像一轮烈日在地上薰蒸，
那么，风雨雷霆你便不难听见，
听出来一片新鲜的宇宙的呼声。

1928

思　量

　　我要静静地静静地思量，
　　像那深潭里的冷水一样。
既不是源泉滚滚的江河，
不要妄想啊去灌溉田野的花朵；
又没有大海的浩波，
也不必埋怨这里没有海鸥飞没。
　　我要静静地静静地思量，
　　像那深潭里的冷水一样。
如果天气转变得十分阴凉，
自然会有些雨点儿滴在水上；
如果天上现出来一轮太阳，
水面也不难沾惹上一点阳光。
　　我要静静地静静地思量，
　　像那深潭里的冷水一样。
尤其是当那人寂夜阑，
只有三星两星的微芒落入深潭；
我知道我的一切是这样地有限，
不要去渴望吧那些豪华的盛筵！
　　我要静静地静静地思量，
　　像那深潭里的冷水一样。

1928

夜　半

月光慢慢地迈进了玻璃窗，
屋内的一切都感到生命的欢狂。

月光慢慢地走到我的桌上，
桌上的文具都在那儿跳舞歌唱。
　　最先飞起的是那些雪白的稿纸，
　　一片片都飞到了屋顶，
　　它们一边飞一边说道：
　　“最该诅咒的是我的主人，
　　他从不曾在我的身上留下一些儿美好的痕迹！”
　　墨水瓶也喷泉一般地涌了出来：
　　“如果再不用我，我生命的力量已经无从发泄，
　　我要尽一夜的工夫把我的血液喷完，
　　明天，一个枯干的瓶子，留给他看！”
　　铅笔、毛笔同钢笔，
　　都站起来像是跳舞的少女；
　　它们说：“这样的主人耽误了我们的青春，
　　在他身边我们唱不出一支迷人歌曲。”
　　信封也在桌角上长吁短叹：
　　“我的绿衣裳已经变成了衰黄，

他从不曾把我送到那春风淡荡的花园
去游逛一趟！”——
最后它们都义愤填膺，
把一本厚重的哲学书推到地上：
“你这猫头鹰一般、阴私的老人，
把我们的主人害得死气沉沉！”——
……

月光慢慢地越过我的桌上，
桌上的文具都那样地跳舞歌唱。

我是怎样地担惊害怕，
月光不久啊就要走近我的床前——
快快地有块厚重的乌云吧，把它遮住，
我心上也需要盖上一层——沉闷的睡眠！

1928

晚　步

我不知是什么原故，在这样春暖的风里，
双手为什么要插在袋中，衣领也高高地翻起？
是为了那轻轻的秋凉还浮在我的心头，
可还是那深冬的寂寞长睡在我的心底？

霞是那样地浓红，为什么浓了又淡？
雾是那样地凝聚，为什么聚了又散？
沉沉的夜色还没有走来：它们可真是
错把我的脚步声认成那苍茫的夜的长叹？

在这静静的路上，我只有不停的思索——
“远远地一个行人”，是我思索出来的结果。
我抬头，天空剩下了一朵无依无靠的流云，
我再望那远行人，却踽踽凉凉地仍然是我！

花之朝

谁说那欢乐的日子是容易消逝，
就是这寂寞的岁月也何尝为我稍停——
一旦我将要在一个黑暗的地方长住，
朋友，请替我写上，这样的几句碑铭：

“他也曾在花开的早晨寂寂地狂欢，
他也曾在花落的早晨寞寞地长叹；
花却永久无恙地开落在人间，
在他的怀中并不曾带走了一瓣。”

暮春的花园

1

你愿意吗，我们一道
走进那座花园？
在那儿只剩下了
黄色的蘼芜没有凋残。

从杏花开到了芍药，
从桃花落到了牡丹：
它们享着阳光的照耀，
受着风雨的摧残。

那时我却悄悄地在房里
望着窗外的天气，
暗自为它们担尽了悲欢。

如今它们的繁荣都已消逝，
我们可能攀着残了的花枝
谈一谈我那寂寞的春天？

2

你愿意吗，我们一道

走进那座花园?
在那儿有曲径一条，
石子铺得是那样平坦。

我愿拾些彩色的石子
在你轻倩的身边；
我曾做过这样的游戏，
当我伴着母亲走到田间。

那时我的天空是那样晴朗，
白云流水都引起我的奇想；
从她死后，却只有黯淡的云烟。

如今的云烟又仿佛消散，
但童年的一切都已不见；
广大的宇宙中，你在我的面前。

3
你愿意吗，我们一道
走进那座花园?
我也不必穿着外套，
你也不必戴着花环。

让春风吹进我们的胸脯，
荡荡地拂着我们的心田，

在心田上我们静静地等候
Amor[1]跑到这里来游玩。

我想，在你温暖的怀里
比一切的花园都要美丽；
我的，却是沙漠一样地枯干。

我愿多多地落些泪珠，
来浸润我的心田，像是雨露
准备着一条彩虹显在天边。

---

① 罗马神话中的小爱神。

南方的夜

我们静静地坐在湖滨，
听燕子给我们讲南方的静夜。
南方的静夜已经被它们带来，
夜的芦苇蒸发着浓郁的情热——
　　我已经感到了南方的夜间的陶醉，
　　请你也嗅一嗅吧这芦苇中的浓味。

你说大熊星总像是寒带的白熊，
望去使你的全身都感到凄冷。
这时的燕子轻轻地掠过水面，
零乱了满湖的星影。——
　　请你看一看吧这湖中的星象，
　　南方的星夜便是这样的景象。

你说，你疑心那边的白果松
总仿佛树上的积雪还没有消融。
这时燕子飞上了一棵棕榈，
唱出来一种热烈的歌声。——
　　请你听一听吧燕子的歌唱，
　　南方的林中便是这样的景象。

总觉得我们不像是热带的人，
我们的胸中总是秋冬般的平寂。
燕子说，南方有一种珍奇的花朵，
经过二十年的寂寞才开一次。——
　　这时我胸中觉得有一朵花儿隐藏，
　　它要在这静夜里火一样地开放！

1929

等　待

在我们未生之前，
天上的星、海里的水，
都抱着千年万里的心
在那儿等待你。

如今一个丰饶的世界
在我的面前，
天上的星、海里的水，
把它们等待你的心
整整地给了我。

1930

无眠的夜半

在这疲倦的无眠的夜半，
总像远方正有个匆忙的使者
不分昼夜地赶他的行程。

等到明天的清早刚一朦胧，
他便跑到我的门前，
指着我的姓名呼唤。

他催我快快地起来
从这张整夜无眠的空床；
他说，你现在有千山万水须行！

我不自主地跟随他走上征途，
永离了这无限的深夜，
像秋蝉把它的皮壳脱开。

1933

十四行二十七首

1　我们准备着

我们准备着深深地领受
那些意想不到的奇迹，
在漫长的岁月里忽然有
彗星的出现，狂风乍起。

我们的生命在这一瞬间，
仿佛在第一次的拥抱里
过去的悲欢忽然在眼前
凝结成屹然不动的形体。

我们赞颂那些小昆虫，
它们经过了一次交媾
或是抵御了一次危险，

便结束它们美妙的一生。
我们整个的生命在承受
狂风乍起，彗星的出现。

2　什么能从我们身上脱落

什么能从我们身上脱落，

我们都让它化作尘埃；
我们安排我们在这时代
像秋日的树木，一棵棵

把树叶和些过迟的花朵
都交给秋风，好舒开树身
伸入严冬；我们安排我们
在自然里，像蜕化的蝉蛾

把残壳都丢在泥里土里；
我们把我们安排给那个
未来的死亡，像一段歌曲，

歌声从音乐的身上脱落，
归终剩下了音乐的身躯
化作一脉的青山默默。

3　有加利树

你秋风里萧萧的玉树——
是一片音乐在我耳旁
筑起一座严肃的庙堂，
让我小心翼翼地走入；

又是插入晴空的高塔
在我的面前高高耸起，

有如一个圣者的身体，
升华了全城市的喧哗。

你无时不脱你的躯壳，
凋零里只看着你生长；
在阡陌纵横的田野上

我把你看成我的引导：
祝你永生，我愿一步步
化身为你根下的泥土。

4　鼠曲草

我常常想到人的一生，
便不由得要向你祈祷。
你一丛白茸茸的小草
不曾辜负了一个名称；

但你躲避着一切名称，
过一个渺小的生活，
不辜负高贵和洁白，
默默地成就你的死生。

一切的形容、一切喧嚣
到你身边，有的就凋落，
有的化成了你的静默。

这是你伟大的骄傲
却在你的否定里完成。
我向你祈祷，为了人生。

5　威尼斯

我永远不会忘记
西方的那座水城，
它是个人世的象征，
千百个寂寞的集体。

一个寂寞是一座岛，
一座座都结成朋友。
当你向我拉一拉手，
便像一座水上的桥；

当你向我笑一笑，
便像是对面岛上
忽然开了一扇楼窗。

只担心夜深静悄，
楼上的窗儿关闭，
桥上也断了人迹。

6　原野的哭声

我时常看见在原野里

一个村童，或一个农妇
向着无语的晴空啼哭，
是为了一个惩罚，可是

为了一个玩具的毁弃？
是为了丈夫的死亡，
可是为了儿子的病创？
啼哭得那样没有停息，

像整个的生命都嵌在
一个框子里，在框子外
没有人生，也没有世界。

我觉得他们好像从古来
就一任眼泪不住地流
为了一个绝望的宇宙。

7　我们来到郊外[①]

和暖的阳光内
我们来到郊外，
像不同的河水
融成一片大海。

---

① 敌机空袭警报时，昆明的市民都躲到郊外。——作者注

有同样的警醒
在我们的心头，
是同样的运命
在我们的肩头。

要爱惜这个警醒，
要爱惜这个运命，
不要到危险过去，

那些分歧的街衢
又把我们吸回，
海水分成河水。

8　一个旧日的梦想

是一个旧日的梦想，
眼前的人世太纷杂，
想依附着鹏鸟飞翔
去和宁静的星辰谈话。

千年的梦像个老人
期待着最好的儿孙——
如今有人飞向星辰，
却忘不了人世的纷纭。

他们常常为了学习

怎样运行，怎样降落，
好把星秩序排在人间，

便光一般投身空际。
如今那旧梦却化作
远水荒山的陨石一片。

9 给一个战士

你长年在生死的边缘生长，
一旦你回到这堕落的城中，
听着这市上的愚蠢的歌唱，
你会像是一个古代的英雄

在千百年后他忽然回来，
从些变质的堕落的子孙
寻不出一些盛年的姿态，
他会出乎意料，感到眩昏。

你在战场上，像不朽的英雄
在另一个世界永向苍穹，
归终成为一只断线的纸鸢：

但是这个命运你不要埋怨，
你超越了他们，他们已不能
维系住你的向上，你的旷远。

10 蔡元培[1]

你的姓名常常排列在
许多的名姓里边，并没有
什么两样，但是你却永久
暗自保持住自己的光彩；

我们只在黎明和黄昏
认识了你是长庚，是启明，
到夜半你和一般的星星
也没有区分：多少青年人

从你宁静的启示里得到
正当的死生。如今你死了，
我们深深感到，你已不能

参加人类的将来的工作——
如果这个世界能够复活，
歪扭的事能够重新调整。

11 鲁迅

在许多年前的一个黄昏

---

① 写于1941年3月5日，这天是蔡元培逝世一周年纪念日。末四行用里尔克（Rilke）在欧战期内于1917年1月19日与某夫人论罗丹（Rodin）及凡尔哈仑（Verhaeren）逝世信中语意。信里这样说："如果这可怕的烟雾（战争）消散了，他们再也不在人间，并且不能帮助那些将要整顿和扶植这个世界的人们。"——作者注

你为几个青年感到一觉[1]；
你不知经验过多少幻灭，
但是那一觉却永不消沉。

我永远怀着感谢的深情
望着你，为了我们的时代：
它被些愚蠢的人们毁坏，
可是它的维护人却一生

被摒弃在这个世界以外——
你有几回望出一线光明，
转过头来又有乌云遮盖。

你走完了你艰苦的行程，
艰苦中只有路旁的小草
曾经引出你希望的微笑。

12 杜甫

你在荒村里忍受饥肠，
你常常想到死填沟壑，
你却不断地唱着哀歌
为了人间壮美的沦亡：

---

① 鲁迅《野草》中最后一篇是《一觉》。——作者注

战场上健儿的死伤，
天边有明星的陨落，
万匹马随着浮云消没……
你一生是他们的祭享。

你的贫穷在闪烁发光
像一件圣者的烂衣裳，
就是一丝一缕在人间

也有无穷的神的力量。
一切冠盖在它的光前
只照出来可怜的形象。

13　歌德

你生长在平凡的市民的家庭，
你为过许多平凡的事物感叹，
你却写出许多不平凡的诗篇；
你八十年的岁月是那样平静，

好像宇宙在那儿寂寞地运行，
但是不曾有一分一秒的停息，
随时随处都演化出新的生机，
不管风风雨雨，或是日朗天晴。

从沉重的病中换来新的健康，

从绝望的爱里换来新的营养，
你知道飞蛾为什么投向火焰，

蛇为什么脱去旧皮才能生长；
万物都在享用你的那句名言，
它道破一切生的意义：“死和变。”

14　画家梵诃[1]

你的热情到处燃起火，
你燃着了向日的黄花，
燃着了浓郁的扁柏，
燃着了行人在烈日下——

他们都是那样热烘烘
向着高处呼吁的火焰；
但是背阴处几点花红，
监狱里的一个小院，

几个贫穷的人低着头
在贫穷的房里剥土豆，
却像是永不消溶的冰块。

这中间你画了吊桥，

---

① 梵诃（1853—1890），荷兰画家，后期印象派代表，今译凡·高。

画了轻盈的船：你可要
把些不幸者迎接过来？

15　看这一队队的驮马

看这一队队的驮马
驮来了远方的货物，
水也会冲来一些泥沙
从些不知名的远处，

风从千万里外也会
掠来些他乡的叹息：
我们走过无数的山水，
随时占有，随时又放弃，

仿佛鸟飞翔在空中，
它随时都管领太空，
随时都感到一无所有。

什么是我们的实在？
我们从远方把什么带来？
从面前又把什么带走？

16　我们站立在高高的山巅

我们站立在高高的山巅
化身为一望无边的远景，

化成面前的广漠的平原，
化成平原上交错的蹊径。

哪条路、哪道水，没有关联，
哪阵风、哪片云，没有呼应：
我们走过的城市、山川，
都化成了我们的生命。

我们的生长、我们的忧愁
是某某山坡的一棵松树，
是某某城上的一片浓雾；

我们随着风吹，随着水流，
化成平原上交错的蹊径，
化成蹊径上行人的生命。

17　原野的小路

你说，你最爱看这原野里
一条条充满生命的小路，
是多少无名行人的步履
踏出来这些活泼的道路。

在我们心灵的原野里
也有几条婉转的小路，
但曾经在路上走过的

行人多半已不知去处：

寂寞的儿童、白发的夫妇，
还有些年纪轻轻的男女，
还有死去的朋友，他们都

给我们踏出来这些道路；
我们纪念着他们的步履
不要荒芜了这几条小路。

18　我们有时度过一个亲密的夜

我们有时度过一个亲密的夜
在一间生疏的房里，它白昼时
是什么模样，我们都无从认识，
更不必说它的过去未来。原野——

一望无边地在我们窗外展开，
我们只依稀地记得在黄昏时
来的道路，便算是对它的认识，
明天走后，我们也不再回来。

闭上眼吧！让那些亲密的夜
和生疏的地方织在我们心里：
我们的生命像那窗外的原野，

我们在朦胧的原野上认出来
一棵树、一闪湖光，它一望无际
藏着忘却的过去、隐约的将来。

19　别离

我们招一招手，随着别离
我们的世界便分成两个，
身边感到冷，眼前忽然辽阔，
像刚刚降生的两个婴儿。

啊，一次别离，一次降生，
我们担负着工作的辛苦，
把冷的变成暖，生的变成熟，
各自把个人的世界耘耕，

为了再见，好像初次相逢，
怀着感谢的情怀想过去，
像初晤面时忽然感到前生。

一生里有几回春几回冬，
我们只感受时序的轮替，
感受不到人间规定的年龄。

20　有多少面容，有多少语声

有多少面容，有多少语声

在我们梦里是这般真切，
不管是亲密的还是陌生：
是我自己的生命的分裂，

可是融合了许多的生命，
在融合后开了花，结了果？
谁能把自己的生命把定
对着这茫茫如水的夜色，

谁能让他的语声和面容
只在些亲密的梦里萦回？
我们不知已经有多少回

被映在一个辽远的天空，
给船夫或沙漠里的行人
添了些新鲜的梦的养分。

21　我们听着狂风里的暴雨

我们听着狂风里的暴雨，
我们在灯光下这样孤单，
我们在这小小的茅屋里
就是和我们用具的中间

也有了千里万里的距离：
铜炉在向往深山的矿苗，

瓷壶在向往江边的陶泥，
它们都像风雨中的飞鸟

各自东西。我们紧紧抱住，
好像自身也都不能自主。
狂风把一切都吹入高空，

暴雨把一切又淋入泥土，
只剩下这点微弱的灯红
在证实我们生命的暂住。

22 深夜又是深山

深夜又是深山，
听着夜雨沉沉。
十里外的山村、
念里外的市廛，

它们可还存在？
十年前的山川、
念年前的梦幻，
都在雨里沉埋。

四围这样狭窄，
好像回到母胎；
我在深夜祈求

用迫切的声音：
“给我狭窄的心
一个大的宇宙！”

23　几只初生的小狗

接连落了半月的雨，
你们自从降生以来，
就只知道潮湿阴郁。
一天雨云忽然散开，

太阳光照满了墙壁，
我看见你们的母亲
把你们衔到阳光里，
让你们用你们全身

第一次领受光和暖，
日落了，又衔你们回去。
你们不会有记忆，

但是这一次的经验
会融入将来的吠声，
你们在深夜吠出光明。

24　这里几千年前

这里几千年前

处处好像已经
有我们的生命；
我们未降生前

一个歌声已经
从变幻的天空，
从绿草和青松
唱我们的运命。

我们忧患重重，
这里怎么竟会
听到这样歌声？

看那小的飞虫，
在它的飞翔内
时时都是新生。

25　案头摆设着用具

案头摆设着用具，
架上陈列着书籍，
终日在些静物里
我们不住地思虑。

言语里没有歌声，
举动里没有舞蹈，

空空问窗外飞鸟
为什么振翼凌空。

只有睡着的身体，
夜静时起了韵律：
空气在身内游戏，

海盐在血里游戏——
睡梦里好像听得到
天和海向我们呼叫。

26　我们天天走着一条小路

我们天天走着一条熟路
回到我们居住的地方；
但是在这林里面还隐藏
许多小路，又深邃，又生疏。

走一条生的，便有些心慌，
怕越走越远，走入迷途，
但不知不觉从树疏处
忽然望见我们住的地方，

像座新的岛屿呈在天边。
我们的身边有多少事物
向我们要求新的发现：

不要觉得一切都已熟悉，
到死时抚摸自己的发肤
生了疑问：这是谁的身体？

27　从一片泛滥无形的水里

从一片泛滥无形的水里，
取水人取来椭圆的一瓶，
这点水就得到一个定形；
看，在秋风里飘扬的风旗，

它把住些把不住的事体，
让远方的光、远方的黑夜
和些远方的草木的荣谢，
还有个奔向远方的心意，

都保留一些在这面旗上。
我们空空听过一夜风声，
空看了一天的草黄叶红，

向何处安排我们的思想？
但愿这些诗像一面风旗
把住一些把不住的事体。

歧　路

它们一条条地在面前
伸出去，同时在准备着
承受我们的脚步；
但我们不是流水，
只能先是犹疑着，
随后又是勇敢地
走上了一条，把些
其余的都丢在身后——
看那高高的树木，
曾经有多少嫩绿的
枝条，被风雨，被斤斧
折断了，如今都早已
不知去处。
　　　　　　朋友们，
我们越是向前走，
我们便有更多的
不得不割舍的道路。
当我们感到不可能，
把那些折断的枝条
聚起来，堆聚成一座

望得见的坟墓，

　　　　　　　　我们

全生命无处不感到

永久的割裂的痛苦。

1943

翻译作品

[德]歌德

歌德（Johann Wolfgang von Goethe，1749—1832），德国著名思想家、小说家、剧作家、诗人、自然科学家、博物学家、画家，魏玛古典主义最著名的代表。主要作品有剧本《葛兹·冯·伯利欣根》、书信体小说《少年维特之烦恼》、诗剧《浮士德》等。

漫游者的夜歌

一切峰顶的上空
静寂，
一切的树梢中
你几乎觉察不到
一些声气；
鸟儿们静默在林里。
且等候，你也快要
去休息。

让我这样打扮，直到死亡……

让我这样打扮，直到死亡，
不要脱去我的白衣裳！
我来自美好的大地
奔向那永世的家乡。

那里我享受片刻的静寂，
明朗的眼便立即睁开；
我留下净洁的外衣，
连同花环和腰带。

那些天上的群神，
他们不问是男是女，
也不用衣服与褶裙，
裹着净化了的身体。

我一生虽然无忧无虑，
可是尝够了痛苦深沉；
痛苦使我老得太早——
再让我永葆青春！

给独创者

有个人说，“我不属于任何流派！
没有大师值得我跟他竞赛；
这也是风马牛不相及，
从死人那里学过什么东西。”——
如果我真正了解他，这就是说：
我是自己亲手制造的一个蠢货。

谦　恭

我观看大师们的创作，
我就看到，他们做了些什么；
我察看我的身边用具，
就看到，我本来该做些什么。

在呼吸中有双重的恩惠……

在呼吸中有双重的恩惠：
把空气吸进来又呼出去。
吸进感到压迫，呼出就清爽；
生命是这样奇异地混合。
你感谢神，如果他压抑你，
感谢他，如果又把你放松。

水的颂歌

一切都从水里产生!
一切都被水保持!
海洋，给我们你永恒的统治。
如果你不遣送云霓，
不施舍丰富的清溪，
不让河水流来流去，
不完成滔滔的江水，
哪里会有山岳、平原、世界?
是你保持那最清新的生机。

守望者之歌

为观看而降生，
为瞭望而工作，
我置身于望楼，
为宇宙而欢乐。
我眺望远方，
我俯视近处，
望月亮和星辰，
视树林和麋鹿。
我在宇宙万象中
看见永恒的装饰，
正如我喜爱它们，
我也喜爱自己。
你们幸福的眼睛，
你们目光所及，
不论是些什么，
都是这样美丽！

神秘的合唱[①]

一切无常的
只是一个比喻；
不能企及的
这里成为事迹；
不能描述的
这里已经完成；
引渡我们的
是永恒的女性。

① 这是《浮士德》结束时的大合唱。

暮色徐徐下沉[1]

暮色徐徐下沉，
身边的都已变远，
金星美好的柔光
高高地首先出现！
一切动移不定，
雾霭蒙蒙地升起；
一片平湖反映
夜色阴森的静寂。
在那可爱的东方
我感到月的光辉，
柳条袅袅如丝
戏弄着树旁湖水。
透过阴影的游戏
颤动卢娜[2]的媚影，
眼里轻轻地潜入
沁人肺腑的清冷。

---

① 选自组诗《中德四季晨昏杂咏》之八。
② 卢娜，即月亮。

自然和艺术

自然和艺术，像是互相藏躲，
可是出乎意外，又遇在一起；
我觉得敌对业已消失，
二者好像同样吸引着我。

这只在于真诚的努力！
只要我们用有限的光阴
投身艺术而全意全心，
自然就活跃在我们心里。

一切的文艺也都是如此。
放荡不羁的人将不可能
把纯洁的崇高完成。

要创造伟大，必须精神凝集。
在限制中才显示出能手，
只有规律能给我们自由。

幸运的渴望

别告人说，只告诉智者，
因为众人爱信口雌黄；
我要赞美那生存者，
它渴望在火焰中死亡。

在爱的深夜的清凉里，
创造了你，你也在创造，
有生疏的感觉侵袭你，
如果寂静的蜡烛照耀。

你再也不长此拥抱
在黑暗的阴下停留，
新的向往把你引到
更高一级的交媾。

没有远方你感到艰难，
你飞来了，一往情深，
飞蛾，你追求着光明，
最后在火焰里殉身。

只要你还不曾有过
这个经验：死和变！
你只是个忧郁的旅客
在这阴暗的尘寰。

银　杏

这样叶子的树从东方
移植在我的花园里，
叶子的奥义让人品尝，
它给知情者以启示。

它可是一个有生的物体
在自身内分为两个？
它可是两个合在一起，
人们把它看成一个？

回答这样的问题，
我得到真正的涵义；
你不觉得在我的歌里，
我是我也是我和你？

任凭你在千种形式里隐身

任凭你在千种形式里隐身，
可是，最亲爱的，我立即认识你；
任凭你蒙上魔术的纱巾，
最在眼前的，我立即认识你。

看扁柏最纯洁的青春的耸立，
最身材窈窕的，我立即认识你；
看河渠明澈的波纹涟漪，
最妩媚的，我能够认识你。

若是喷泉高高地喷射四散，
最善于嬉戏的，我多么快乐认识你！
若是云彩的形体千变万幻，
最多种多样的，在那里我认识你。

看花纱蒙盖的草原地毯，
最星光灿烂的，我美好地认识你；
千条枝蔓的缠藤向周围伸展，
啊，拥抱一切的，这里我认识你。

若是在山上晨曦照耀，
愉悦一切的，我立即欢迎你；
于是晴朗的天空把大地笼罩，
最开扩心胸的，我就呼吸你。

我外在和内在的感性所认识的，
你感化一切的，我认识都由于你；
若是我呼唤真主的一百个圣名，
每个圣名都响应一个名称为了你。

年　岁

年岁是些最可爱的人：
它们送来昨天，送来今日，
我们年轻人正这样度过
最可爱的生活无忧无虑。

可是年岁它们忽然改变，
再不像过去那样恰如人意。
不愿再赠给，不愿再出借，
它们拿走今天，拿走明日。

蛇　皮

“敌人们威胁着你，
一天比一天加剧，
你怎么毫无畏惧！”
我看到这一切，不为所动，
他们撕扯的
是我刚蜕去的蛇皮。
下层皮若是成熟，
我就立即蜕去，
又变得新生而年轻
在新鲜的神的领域。

铭　记

懦弱的思虑，
担心的犹豫，
羞怯的畏缩，
胆小的哀诉，
转灭不了苦难，
不能给你自由。
拒一切暴力
以保持自己，
永远不屈降，
显示出力量。
这就呼唤过来
群神的帮助。

[德]荷尔德林

荷尔德林（Johann Christian Friedrich Hölderlin，1770—1843），德国著名诗人，古典浪漫派诗歌的先驱。作品有诗歌《自由颂歌》《人类颂歌》《致德国人》《为祖国而死》等。荷尔德林是备受著名哲学家海德格尔推崇的诗人。

命运之歌

你们在太空的光明里遨游，
踏着柔软的云层，幸福的群神！
灿烂的神风轻轻地
吹拂着你们，
像女琴手的纤指触动
神圣的琴弦。

没有命运的播弄，天神们呼吸
像酣睡的婴儿，
淳朴的花蕾里
蕴藏着天真，
他们的精神
却永远开花，
幸福的目光
望着宁静的
永恒的明朗。

可是我们命定了
没有地方得到安息，
苦难的人们

消失着，陨落着
盲目地从一个时辰
到另一个时辰，
像是水从巉岩
流向下边的巉岩
长年地沦入无底。

给运命女神

只给我“一个”夏，你们掌权的神！
还有一个秋为了成熟的歌曲，
　　使我的心，饱尝了甜美的
　　游戏，随后更情愿地死亡。

灵魂，在人世不得享受过他的
神权，在下边冥土里也不安宁；
　　可是我若有一天完成了
　　那悬在我心上的圣业，诗，

我就欢迎，啊，那阴世的安静！
纵使我的弦琴不陪伴我下去，
　　我也满足；我“一次”曾生活
　　像群神，我再也没有需求。

[德]海涅

海涅（Heinrich Heine，1797—1856），德国著名抒情诗人和散文家，被誉为“德国古典文学的最后一位代表”。主要著作有《诗歌集》《哈尔次山游记》《德国，一个冬天的童话》《西利西亚的纺织工人》等。

星星们动也不动……

星星们动也不动，
高高地悬在天空，
千万年彼此相望，
怀着爱情的苦痛。

它们说着一种语言，
这样丰富，这样美丽；
却没有一个语言学家
能明白这种言语。

但是我学会了它，
我永久不会遗忘；
而我使用的语法
是我爱人的面庞。

乘着歌声的翅膀……

乘着歌声的翅膀，
心爱的人，我带你飞翔，
向着恒河的原野，
那里有最美的地方。

一座红花盛开的花园，
笼罩着寂静的月光；
莲花在那儿等待
它那知心的姑娘。

紫罗兰轻笑调情，
抬头向星星仰望；
玫瑰花把芬芳的童话
偷偷地在耳边谈讲。

跳过来暗地里倾听
是善良聪颖的羚羊；
在远远的地方喧腾着
圣洁河水的波浪。

我们要在那里躺下，
在那棕榈树的下边，
啜饮爱情和寂静，
沉入幸福的梦幻。

罗累莱[1]

不知道什么缘故，
我是这样的悲哀；
一个古代的童话，
我总是不能忘怀。

天色晚，空气清冷，
莱茵河静静地流；
落日的光辉
照耀着山头。

那最美丽的少女
坐在上边，神采焕发，
金黄的首饰闪烁，
她梳理金黄的头发。

她用金黄的梳子梳，
还唱着一支歌曲；
这歌曲的声调，

① 罗累莱（Lorelei）是传说中的一个魔女，她坐在莱茵河畔一座巉岩顶上，用歌声引诱河上的船夫。——译者注

有迷人的魔力。

小船里的船夫
感到狂想的痛苦；
他不看水里的暗礁，
却只是仰望高处。

我知道，最后波浪
吞没了船夫和小船；
罗累莱用她的歌唱
造下了这场灾难。

这是一个坏天气……

这是一个坏天气，
下雨刮风又飘雪；
我坐在窗边向外望，
望着外边的黑夜。

一粒寂寞的微光闪闪，
它慢慢地向前摇摆；
是一个妈妈提着小灯
在那里晃过大街。

我相信，她购买了
鸡蛋、黄油和面粉；
她要给她的大女孩
烤一块蛋糕点心。

女孩在家里倒在靠椅上，
睡眼蒙眬地看着灯光；
金黄的卷发波浪一般
拍打着甜美的面庞。

我们那时是小孩……[1]

我们那时是小孩，
两个小孩，又小又快乐；
我们爬进小鸡窝，
我们藏入草垛。

若是人们走过，
我们就学着鸡叫——
“咯咯——咯咯！”他们以为，
这是公鸡在叫。

我们把院里的木箱，
裱糊得美丽新鲜，
做成一个漂亮的家，
一块儿住在里边。

我们邻家的老猫，
常常走来访问；
我们鞠躬、请安，

① 这首诗是海涅写给他的妹妹的。——译者注

向它献尽殷勤。

我们小心和蔼
问它身体平安；
从此对一些老猫
总是这样寒暄。

我们也常常坐着谈话，
事理通达像老人一样，
我们抱怨，在我们的时代
一切都比现在强；

爱情、忠诚和信仰
都从世界里勾销，
咖啡是多么贵，
金钱是多么少！——

儿时的游戏早已过去，
一切都无影无踪——
金钱、世界和时代，
信仰、爱情和忠诚。

我的心，你不要忧悒……

我的心，你不要忧悒，
把你的命运担起。
冬天从这里夺去的，
新春会交还给你。

有多少事物为你留存，
这世界还是多么美丽！
凡是你所喜爱的，
我的心，你都可以去爱！

哈尔次山游记序诗

黑色的上衣，丝制的长袜，
白净的体面的袖口，
柔和的谈话和拥抱——
啊，但愿他们有颗心！

心在怀里，还有爱情，
温暖的爱情在心里——
啊，他们的滥调害死我，
唱些装腔作势的相思。

我要登上高山去，
那里有朴素的人家，
在那里，胸怀自由地敞开，
有自由的微风吹拂。

我要登上高山去，
那里高高的枞树阴森，
溪水淙淙，百鸟欢歌，
飘荡着孤傲的浮云。

分手吧，你们光滑的客厅，
油滑的先生，油滑的妇女！
我要登上高山去，
笑着向你们俯视。

蝴蝶爱着玫瑰花……

蝴蝶爱着玫瑰花，
围绕她飞翔千百回，
多情的日光爱蝴蝶，
围绕他用金色的光辉。

可是玫瑰又爱谁？
我很愿意得个分明。
是那歌唱着的夜莺？
是那沉默无语的金星？

我不知道，玫瑰在爱谁；
我却是爱你们一切：
金星和夜莺，
日光、玫瑰和蝴蝶。

生命的航行[①]

日光闪烁着晃来晃去，
波浪摇荡着快乐的小舟。
一片欢笑和歌唱！我坐在里边
轻松愉快，和些亲爱的朋友。

小舟完全撞成了碎片，
朋友们都不善游泳，
他们在祖国沉没了；
暴风把我吹到塞纳河畔。

和新的同志们登上一只新船；
他乡的潮水汹涌，
把我的船摇来摇去——
故乡多么远！我的心多么沉重！

又是一片欢笑和歌唱——
风在呼啸，船板嘎嘎地响——
天空消逝最后的星光——
多么沉重我的心！多么远我的故乡！

---

① 海涅在1843年把这首诗赠给丹麦童话诗人安徒生。

蓝色的春天的眼睛……

蓝色的春天的眼睛
从草里向外观看；
这些可爱的紫罗兰，
我挑选它们编个花环。

我一边采掇一边想，
所有这些思想
都在我心里叹息，
夜莺儿高声歌唱。

我想的，它都唱出来，
歌声嘹亮，回音四起；
整个的树林已经
知道我心里的秘密。

星星迈着金脚漫游……

星星迈着金脚漫游，
胆子小，步履轻，
大地睡在夜的怀里，
它们怕把它惊醒。

静默的树林在倾听，
一片叶，一个绿耳朵！
山好像在做梦，
伸出它影一般的胳膊。

可是什么在那里喊？
回声侵入我的心。
是爱人的声音吗，
可只是一只夜莺？

[德]尼采

尼采(Friedrich Nietzsche，1844—1900)，近代德国著名哲学家、诗人。他宣告:“上帝死了！”彻底动摇了西方思想体系的基石。他高蹈的“超人哲学”与“酒神精神”产生了巨大影响，主要著作有《权力意志》《悲剧的诞生》《查拉图斯特拉如是说》《善恶之彼岸》《快乐的科学》《曙光》《论道德的谱系》等。

旅　人

“再也没有路！四围是深渊，死的寂静！”
你志愿如此！你的意志躲避路径，
旅人，如今是这样，要看得冷静，明显！
你是遗失的人，你可信托——危险？

星辰道德

在星的轨道上定下前缘，
星辰啊，黑暗与你何干？

幸福地绕去，穿过这时代！
它的哀苦离你生疏而辽远！

你的光属于最远的世界！
同情对于你应该是罪孽！

只一句诫言与你相宜：要清洁！

秋

这是秋天：——它还憔悴你的心！
飞走吧！飞走吧！
太阳挨上山
攀登又攀登
一步一休息。

宇宙怎么这样凋零！
在疲乏紧张的弦上
风唱着它的歌。
希望消亡——
风在哀悼。

这是秋天：它——还憔悴你的心！
飞走吧！飞走吧！——
啊，树上的果实，
你战栗，凋落？
夜教给你

怎样一个秘密，
冰冷的战悚铺上了

你绯红的面颊？——

你静默，不回答？
谁还说话？

这是秋天：——它还憔悴你的心！
飞走吧！飞走吧！
“我并不美丽”
——野菊这样说——
“可是我爱人间
我安慰人间——
他们现在还该看看花，
向我弯下腰，
啊！折下我——
在他们眼中
又闪烁着回忆，
回忆比我更美丽的；
——我看见了，看见了,——就这样死去！”——

这是秋天：它——还憔悴你的心！
飞走吧！飞走吧！

伞松与闪电

我生长，越过了走兽人间；
我谈话——却无人与我交谈。

我生长得太高了，太寂寞——
我等候；我可等候着什么？

离我太近的，是云的宝殿，
我等候着最早的闪电。

在西司马利亚[1]

我坐在这里等着，等着，——却无所等候，
在善与恶的彼岸，我时而享受
光，时而享受影，都只是游戏，
整个是海，是中午，整个的时间无目的。

女友，忽然间一身化为两个——
——苏鲁支[2]从我的身边走过。

① 西司马利亚（Sils-Maria），今译希尔斯－马利亚，地名，为瑞士希尔斯湖畔一小村。——译者注
② 又译查拉图斯特拉。

最后的意志

这样死，
像我曾经看见的他这样死——
那朋友，他把闪电同目光
神圣地投给我阴暗的青春！
放肆而深沉，
战场中一个舞人——
战士中他是最活泼的，
胜者中他是最沉重的，
在他运命上站定一个运命，
前思后想，强硬——

为了胜利而战栗，
为了死者胜利而欢呼；

当他死时，吩咐着
——他吩咐，要毁灭——
这样死，
像我曾经看见的他这样死：
胜利着，毁灭着……

[奥地利] 里尔克

里尔克（Rainer Maria Rilke，1875 — 1926），奥地利象征主义诗人，被誉为“20 世纪最伟大的德语诗人”。作品有《图像集》《祈祷书》《新诗集》《新诗续集》《杜伊诺哀歌》《致奥尔弗斯的十四行诗》等。

秋　日

主啊，是时候了。夏日曾经很盛大。
把你的阴影落在日晷上，
让秋风刮过田野。

让最后的果实长得丰满，
再给它们两天南方的气候，
迫使它们成熟，
把最后的甘甜酿入浓酒。

谁这时没有房屋，就不必建筑，
谁这时孤独，就永远孤独，
就醒着，读着，写着长信，
在林阴道上来回
不安地游荡，当着落叶纷飞。

1902　巴黎

豹

——在巴黎植物园

它的目光被那走不完的铁栏，
缠得这般疲倦，什么也不能收留。
它好像只有千条的铁栏杆，
千条的铁栏后便没有宇宙。

强韧的脚步迈着柔软的步容，
步容在这极小的圈中旋转。
仿佛力之舞围绕着一个中心，
在中心一个伟大的意志昏眩。

只有时眼帘无声地撩起——
于是有一幅图像浸入。
通过四肢紧张的静寂——
在心中化为乌有。

1903

一个妇女的命运

像是国王在猎场上拿起来
一个酒杯，任何一个酒杯倾饮，
又像是随后那酒杯的主人
把它放开，收藏，好似它并不存在；

命运也焦渴，也许有时拿动
一个女人在它的口边喝，
随即一个渺小的生活，
怕损坏了她，再也不使用，

放她在小心翼翼的玻璃橱，
在橱内有它许多的珍贵
（或是那些算是珍贵的事物。）

她生疏地在那里像被人借去
简直变成了衰老，盲聩，
再也不珍贵，也永不稀奇。

1906　巴黎

爱的歌曲

我怎么能制止我的灵魂，让它
不向你的灵魂接触？我怎能让它
越过你向着其他的事物？
啊，我多么愿意把它安放
在阴暗的任何一个遗忘处，
在一个生疏的寂静的地方，
那里不再波动，如果你的深心波动。
可是一切啊，凡是触动你的和我的，
好像拉琴弓把我们拉在一起
从两根弦里发出“一个”声响。
我们被拉在什么样的乐器上？
什么样的琴手把我们握在手里？
啊，甜美的歌曲。

1907　卡卜里

总是一再地……

总是一再地，虽然我们认识爱的风景，
认识教堂小墓场刻着它哀悼的名姓，
还有山谷尽头沉默可怕的峡谷；
我们总是一再地两个人走出去
走到古老的树下，我们总是一再地
仰对着天空，卧在花丛里。

1914

啊，朋友们，这并不是新鲜……

啊，朋友们，这并不是新鲜，
机械排挤掉我们的手腕。
你们不要让过度迷惑，
赞美“新”的人，不久便沉默。

因为全宇宙比一根电缆、
一座高楼，更是新颖无限。
看哪，星辰都是一团旧火，
但是更新的火却在消没。

不要相信，那最长的传递线
已经转动着来日的轮旋。
因为永劫同着永劫交谈。

真正发生的，多于我们的经验。
将来会捉取最辽远的事体
和我们内心的严肃融在一起。

1922　米索

纵使这世界转变……

纵使这世界转变
云体一般地迅速，
一切完成的事件
归根都回到太古。

超乎转变和前进之上，
你歌曲前的歌音
更广阔更自由地飘扬，
神弹他的琴。

苦难没有认清，
爱也没有学成，
远远在死乡的事物

没有揭开了面幕。
惟有大地上的歌声
在颂扬，在庆祝。

1922　米索

啊，诗人，你说，你做什么……

啊，诗人，你说，你做什么？——我赞美。
但是那死亡和奇诡
你怎样担当，怎样承受？——我赞美。
但是那无名的、失名的事物，
诗人，你到底怎样呼唤？——我赞美。
你何处得的权力，在每样衣冠内，
在每个面具下都是真实？——我赞美。
怎么狂暴和寂静都像风雷
与星光似的认识你？——因为我赞美。

1921　米索

致奥尔弗斯的十四行（选译）[①]

上卷第 17 首

最底层的始祖，模糊难辨，
那筑造一切的根源，
他们从来没有看见
地下隐藏的源泉。

冲锋钢盔和猎人的号角，
白发老人的格言，
男人们兄弟交恶，
妇女像琵琶轻弹……

树枝与树枝交错，
没有一枝自由伸长……
有一枝！啊向上……向上……

但它们还在弯折。
这高枝却在树顶上

---

① 奥尔弗斯（Orpheus）是古希腊传说中的歌手，他的歌唱和琴声能感化木石禽兽。阴间的女神也被他的音乐感动，允许他死去的妻子重返人世，但约定在回到人世的途中，奥尔弗斯不许回顾他的妻子。奥尔弗斯没有遵守诺言，半路上回头看了看他的妻子，因此他的妻子被护送他们的使者又带到阴间去了。——译者注

弯曲成古琴一座。

在欧洲，一个家族的世系常用树形标志，称为世系树。始祖是最下层的树根，繁衍的子孙是树干上生长的枝条。作者用这个图像，表示他对于一个家族演变的看法。始祖年代久远，无从考查。他的后代有战士，有猎夫、老人留下经验之谈，同族间也常发生纷争。妇女则像是琵琶，弹奏时发出悦耳的声音。子孙后代像错综交叉的枝条，互相牵制，不得自由发展。但是有一枝不断向上伸长，最后自身编成一座古琴。“古琴”象征文艺。“古琴”原文为“Leier”，这个词在诗集中经常出现，它是奥尔弗斯使用的乐器。[①]

上卷第 20 首

主啊，你说，我用什么向你奉献，
你教导万物善于听取？——
我回忆春季的一天，
一个晚间，在俄国——骏马一匹……

这白马独自从村里跑来，
前蹄的上端绑着木桩，
为了夜里在草原上独自存在；
它拳曲的鬣毛在脖颈上

怎样拍击着纵情的节拍，

① 每一首诗后的解释文字系译者所加。

它被木桩拖绊着奔驰，
骏马的血泉怎样喷射！

它感到旷远，这当然！
它唱，它听。——你的全部传奇
都包括在它的身内。
　　它这图像，我奉献。

作者在诗里呼唤的“主”，不是基督教的上帝，而是用歌声琴声感动禽兽木石、超越生死界限的奥尔弗斯。

这首诗主要是一匹马的奔腾给作者留下的永不磨灭的印象。里尔克曾于1900年5月至8月偕同露·沙罗美（Lou Salomé）第二次访问俄国。他在1922年2月11日写给露·沙罗美的信里说：“……那匹马，你知道，那自由的、幸福的马，脚上戴着木桩，有一次在傍晚伏尔加草原上飞跑着向我们跳来——我怎样把它当作给奥尔弗斯的一件Ex-voto（供品）！——什么是时间？——什么时候是现在？过了这么多年它向我跳来，以它全身的幸福投入广阔无边的感觉。”从信里可以看出，作者写这首诗时还真实地感受到二十多年前那匹白马在旷野上的奔驰。

原诗没有遵守十四行的限制，多了半行，译诗也按照了原诗的形式。

上卷第21首

春天回来了。大地
像个女孩读过许多诗篇；
许多，啊许多，……她得到奖励

为了长期学习的辛酸。

她的教师严厉。我们曾喜欢
那老人胡须上的白花。
如今，什么叫绿，什么叫蓝，
我们问：她能，她能回答！

地有了自由，你幸福的大地，
就跟孩子们游戏。我们要捉你，
快乐的大地。最快活的孩子胜利。

啊，教师教给她多种多样，
在根和长期困苦的干上
刻印着的：她唱，她歌唱！

作者（里尔克）原注：“这首短小的春歌我可以说是对于一段奇特的舞蹈音乐的解释，这是我在郎达（西班牙南部）一座小的修女教堂里早晨做弥撒时从修道院学童那里听到的。学童们总是按着舞蹈的节拍手持三角铁和铃鼓唱着我不懂得的歌曲。”（里尔克曾于1912年12月至次年2月旅居郎达。）

这首诗里把春天回来后的大地比作一个勤学的女孩，她在学校里辛苦的学习正如大地经历了冬天。最后两行的根和干，语义双关，既指经冬的树根和树干，也指枯燥的语法书中的词根和词干。

下卷第4首

这是那个兽，它不曾有过，

他们不知道它，却总是爱——
爱它的行动，它的姿态，它的长脖，
直到那寂静的目光的光彩。

它诚然不存在。却因为爱它，就成为
一个纯净的兽。他们把空间永远抛掉。
可是在那透明、节省下来的空间内
它轻轻地抬起头，它几乎不需要

存在。他们饲养它不用谷粒，
只永远用它存在的可能。
这可能给这兽如此大的强力，

致使它有一只角生在它的额顶。
它全身洁白向一个少女走来——
照映在银镜里和她的胸怀。

独角兽在欧洲的传说中，有如中国的麒麟。麒麟象征祥瑞，独角兽象征少女的贞洁。作者（里尔克）原注："独角兽有古老的、在中世纪不断被赞颂的少女贞洁的含义，所以被认为，这个不存在者对于人世间只要它出现，就照映在少女给它举着的银镜中（见15世纪的壁毯）和少女的身内，这作为一面第二个同样净洁、同样神秘的镜子。"这里所说的"15世纪的壁毯"系指法国克吕尼博物馆陈列的六幅壁毯，总题为《少女与独角兽》，里尔克对此很感兴趣。在他的长篇小说《布里格随笔》里做过细致的描述。

下卷第 6 首

玫瑰，你端居首位，对于古人
你是个周缘单薄的花萼。
对于我们你的生存无穷无尽，
却是丰满多瓣的花朵。

你富有，你好像重重衣裹，
裹着一个身体只是裹着光；
你的各个花瓣同时在躲
在摒弃每件的衣裳。

你的芳香几世纪以来
给我们唤来最甜的名称；
忽然它像是荣誉停在天空。

可是，我们不会称呼它，我们猜……
我们从可以呼唤来的时间
求得回忆，回忆转到它的身边。

玫瑰在里尔克的创作里占有重要地位，他认为玫瑰是花中最高贵的。可是在古代玫瑰单薄朴素，作者（里尔克）原注：“古代的玫瑰是一种简单的 Eglantine（野玫瑰），红的和黄的，像在火焰中的颜色。在瓦利斯这里它开花在个别的花园内。”

诗的第二节写玫瑰自身含有矛盾：多层的花瓣既像是重重衣裹，又像是拒绝衣裳，因为花瓣也属于花的身体。里尔克的诗里常常阐述与之相类似的矛盾。

最后两节认为最美的事物如玫瑰的芳香难以命名，像是荣誉在空中不可言传。这不禁使人想起莎士比亚《罗密欧与朱丽叶》第二幕第二景中的名句："姓名又算什么？我们叫作玫瑰的，不叫它玫瑰，闻着不也一样地甜吗？"（曹禺译）

下卷第 8 首

你们少数往日童年的游伴
在城市内散在各处的公园：
我们怎样遇合，又羞涩地情投意满，
像羊身上说话的纸片。

我们沉默交谈。我们若有一次喜欢，
这喜欢属于谁？是谁的所有？
它怎样消逝在过往行人的中间，
消逝在长年的害怕担忧。

车辆驶过我们周围，漠不关情，
房屋坚固地围绕我们，却是幻境，
什么也不认识我们，万物中什么是真实？

没有。只有球。它们壮丽的弧形。
也不是儿童……但有时走来一个儿童，
啊，他在正在降落的球下消逝。

——《怀念艾光·封·里尔克》

艾光·封·里尔克（Egon von Rilke，1873—1880）是里尔克的堂兄，童年夭折，里尔克常常思念他。作者在这首诗里写他童年时的经验。游戏的伴侣们互相遇合，相对无言，但都感到高兴，外界的事物对他们都是生疏的，好像与他们无关。只有他们游戏时抛掷的球是真实的，形成弧形，而他们中间的一个在球正在降落时消逝了。

关于第一节第四行中“说话的纸片”，作者（里尔克）原注解释：“羊（在绘画上）只借助于铭语带说话。”中世纪的绘画在人物或生物旁常附有文字说明，称为铭语带。

下卷第19首

黄金住在任何一处骄纵的银行里，
它跟千万人交往亲密。可是那个
盲目的乞丐，甚至对于十分的铜币
都像失落的地方，像柜下尘封的角落。

在沿街的商店金钱像是在家里，
它用丝绸、石竹花、毛皮乔装打扮。
金钱醒着或是睡着都在呼吸，
他，沉默者，却站在呼吸间歇的瞬间。

啊，这永远张开的手，怎能在夜里合拢。
明天命运又来找它，天天让它伸出：
明亮，困苦，无穷无尽地承受摧残。

一个旁观者却最后惊讶地理解还称赞
它长久的持续。只是歌唱者能陈述。
只是神性者能听见。

贫穷与困苦，在里尔克的诗歌和散文里常常读到。在《祈祷书》《图像书》《布里格随笔》以及后期某些作品中有些篇章和段落不仅描述，而且有时还赞颂贫苦。里尔克观看他那时代的社会，金钱统治一切，产生许多罪恶，因而对于贫穷和困苦有些圣洁之感。所以他说，歌唱者能为贫困代言，有神性的人能听到歌唱。

下卷第25首

听，你已经听到最初的耙子
在工作；早春强硬的地上
在屏息无声的寂静里
又有人的节拍。你好像从未品尝

即将到来的时日。那如此常常
已经来过的如今回来，又像是
新鲜的事物。永远在盼望，
你从来拿不到它。它却拿到了你。

甚至经冬橡树的枯叶
傍晚显出一种未来的褐色。
微风时常传送一个信号。

灌木丛发黑。可是成堆的肥料
堆积在洼地上是更饱满的黑色。
每个时辰走过去，变得更年少。

这首诗直接描述作者在初春时的感受。春天每年都会来的，但是每次春天的到来，人们都觉得新鲜，好像过去不曾来过。橡树的树叶没有完全凋落，但已有褐色的嫩芽。这里以及第四节的前两行都是用颜色形容初春的景色。最后一行的“时辰”是比拟为一个女性，她走过去，不是变老，而是变得更年轻。

作者（里尔克）原注：这首诗是“上卷第21首学童们短小的春歌的对歌”。

1991年10月译　11月誊抄

给一个青年诗人的十封信

收信人引言

1902 年的深秋——我在维也纳·新城陆军学校的校园里，坐在古老的栗树下读着一本书。我读时是这样专心，几乎没有注意到，那位在我们学校中惟一不是军官的教授、博学而慈祥的校内牧师荷拉捷克（Horaček）是怎样走近我的身边。他从我的手里取去那本书，看看封面，摇摇头。“莱内·马利亚·里尔克的诗？”他深思着问。随后他翻了几页，读了几行，望着远方出神，最后才点头说道：“勒内·里尔克[①]从陆军学生变成一个诗人了。”

于是我知道一些关于这个瘦弱苍白的儿童的事，十五年前他的父母希望他将来做军官，把他送到圣坡尔腾（Sankt-Pölten）的陆军初级学校读书。那时荷拉捷克在那里当牧师，他还能清清楚楚想得起这个陆军学生。他说他是一个平静、严肃、天资很高的少年，喜欢寂寞，忍受着宿舍生活的压抑，四年后跟别的学生一齐升入梅里史·外司克尔心（Mäbrisch-Weisskirchen）地方的陆军高级中学。

---

① 里尔克少年时名勒内·里尔克（René Rilke）。

可是他的体格担受不起，于是他的父母把他从学校里召回，叫他在故乡布拉格继续读书。此后他的生活是怎样发展，荷拉捷克就不知道了。

按照这一切很容易了解，这时我立即决定把我的诗的试作寄给莱内·马利亚·里尔克，请他批评。我还没有满二十岁，就逼近一种职业的门槛，我正觉得这职业与我的意趣相违，我希望，如果向旁人去寻求理解，就不如向这位《自庆》①的作者去寻求了。我无意中在寄诗时还附加一封信，信上自述是这样坦白，我在这以前和以后从不曾向第二个人做过。

几个星期过去，回信来了。信上印着巴黎的戳记，握在手里很沉重；从头至尾写着与信封上同样清晰美丽而固定的字体。于是我同莱内·马利亚·里尔克开始了不断的通讯，继续到1908年才渐渐稀疏，因为生活把我赶入了正是诗人的温暖、和蔼而多情的关怀所为我防护的境地。

这些事并不关重要。所重要的是下边的这十封信，为了理解里尔克所生活所创造的世界是重要的，为了今日和明天许多生长者和完成者也是重要的。一个伟大的人、旷百世而一遇的人说话的地方，小人物必须沉默。

弗兰斯·克萨危尔·卡卜斯（Franz Xaver Kappus）

1929年6月　柏林

---

① 里尔克早年的诗集，1899年出版。

第一封信

尊敬的先生：

你的信前几天才转到我这里。我要感谢你信里博大而亲爱的信赖。此外我能做的事很少。我不能评论你的诗艺：因为每个批评的意图都离我太远。再没有比批评的文字那样同一件艺术品隔膜的了，同时总是演出来较多或较少的凑巧的误解。一切事物都不是像人们要我们相信的那样可理解而又说得出的；大多数的事件是不可言传的，它们完全在一个语言从未达到过的空间；可是比一切更不可言传的是艺术品，它们是神秘的生存，它们的生命在我们无常的生命之外赓续着。

我既然预先写出这样的意见，可是我还得向你说，你的诗没有自己的特点，自然暗中也静静地潜伏着向着个性发展的趋势。我感到这种情形最明显的是在最后一首《我的灵魂》里，这首诗字里行间显示出一些自己的东西。还有在那首优美的诗《给雷渥琶地》[1]也洋溢着一种同这位伟大而寂寞的诗人精神上的契合。虽然如此，你的诗本身还不能算什么，还不是独立的，就是那最后的一首和《给雷渥琶地》也不是。我读你的诗感到有些不能明确说出的缺陷，可是你随诗寄来的亲切的信，却把这些缺陷无形中给我说明了。

你在信里问你的诗好不好。你问我。你从前也问过别人。你把

① 雷渥琶地（Giacomo Leopardi，1798—1837），意大利著名诗人。

它们寄给杂志。你把你的诗跟别人的比较；若是某些编辑部退回了你的试作，你就不安。那么（因为你允许我向你劝告），我请你，把这一切放弃吧！你向外看，是你现在最不应该做的事。没有人能给你出主意，没有人能够帮助你。只有一个惟一的方法，请你走向内心。探索那叫你写的缘由，考察它的根是不是盘在你心的深处；你要坦白承认，万一你写不出来，是不是必得因此而死去。这是最重要的，在你夜深最寂静的时刻问问自己：我必须写吗？你要在自身内挖掘一个深的答复。若是这个答复表示同意，而你也能够以一种坚强、单纯的“我必须”来对答那个严肃的问题，那么，你就根据这个需要去建造你的生活吧；你的生活直到它最寻常最细琐的时刻，都必须是这个创造冲动的标志和证明。然后你接近自然。你要像一个原人似的练习去说你所见、所体验、所爱以及所遗失的事物。不要写爱情诗；先要回避那些太流行、太普通的格式：它们是最难的；因为那里聚有大量好的或是一部分精美的流传下来的作品，从中再表现出自己的特点则需要一种巨大而熟练的力量。所以你要躲开那些普遍的题材，而归依于你自己日常生活呈现给你的事物；你描写你的悲哀与愿望，流逝的思想与对于某一种美的信念——用深幽、寂静、谦虚的真诚描写这一切，用你周围的事物、梦中的图影、回忆中的对象表现自己。如果你觉得你的日常生活很贫乏，你不要抱怨它；还是怨你自己吧，怨你还不够做一个诗人来呼唤生活的宝藏；因为对于创造者没有贫乏，也没有贫瘠不关痛痒的地方。即使你自己是在一座监狱里，狱墙使人世间的喧嚣和你的官感隔离——你不还永远据有你的童年吗，这贵重的富丽的宝藏，回忆的宝库？你望那方面多多用心吧！试行拾捡起过去久已消沉了的动人的往事；你的个性将渐渐固定，你的寂寞将渐渐扩大，成为一所朦胧的住室，别人的喧扰只远远地从旁走过。——如果从这收视反听，从这向自己世界的深处产生出“诗”来，你一定不会再想问别人，这是不是好诗。你也不会再尝试让杂志去注意这些作品：因为你将在作品里看到你亲爱的天然产物，你生活的断片与声音。一件艺术品是好的，只要它是从“必要”里产生的。在它这样的根源里就含有对它的评判：别无他途。所以，尊敬的先生，除此以外我也没有别的劝告：走向内心，探索你生活发源的深处，在它的发源处你将会得到问题的答案，是不是“必须”创造。它怎么说，你怎么接受，不必加以说明。它也许告诉你，你的职责是艺术家。那么你就接受这个命运，承担起它的重负和伟大，不要关心从外边来的报酬。因为创造者必须自己是一个完整的世界，在自身和自身所联接的自然界里得到一切。

但也许经过一番向自己、向寂寞的探索之后，你就断念做一个诗人了（那也够了，感到自己不写也能够生活时，就可以使我们决然不再去尝试）；就是这样，我向你所请求的反思也不是徒然的。无论如何，你的生活将从此寻得自己的道路，并且那该是良好、丰富、广阔的道路，我所愿望于你的比我所能说出的多得多。

我还应该向你说什么呢？我觉得一切都本其自然；归结我也只是这样劝你，静静地严肃地从你的发展中成长起来；没有比向外看和从外面等待回答会更严重地伤害你的发展了，你要知道，你的问题也许只是你最深的情感在你最微妙的时刻所能回答的。

我很高兴，在你的信里见到了荷拉捷克教授的名字：我对于这位亲切的学者怀有很大的敬意和多年不变的感激。请你替我向他致意；他至今还记得我，我实在引为荣幸。

你盛意寄给我的诗，现奉还。我再一次感谢你对我信赖的博大与忠诚；我本来是个陌生人，不能有所帮助，但我要通过这封本着良知写的忠实的回信报答你的信赖于万一。

以一切的忠诚与关怀!

莱内·马利亚·里尔克

1903年2月17日　巴黎

第二封信

请你原谅我，亲爱的、尊敬的先生，我直到今天才感谢地想到你2月24日的来信：这段时间我很苦恼，不是病，但是一种流行性感冒类的衰弱困扰我做什么事都没有力气。最后，这种现象一点也不变更，我才来到这曾经疗养过我一次的南方的海滨。但是我还未康复，写作还困难，你只得接受这封短信代替我更多的心意。

你自然必须知道，你的每封信都永远使我欢喜，可是你要宽恕我的回答，它也许对你没有什么帮助；因为在根本处，也正是在那最深奥、最重要的事物上我们是无名地孤单；要是一个人能够对别人劝告，甚至帮助时，彼此间必须有许多事情实现了，完成了，一切事物必须有一个完整的安排，才会有一次的效验。

今天我只要向你谈两件事：第一是“暗嘲”（Ironie）①：

你不要让你被它支配，尤其是在创造力贫乏的时刻。在创造力丰富的时候你可以试行运用它，当作一种方法去理解人生。纯洁地用，它就是纯洁的，不必因为它而感到羞愧；如果你觉得你同它过于亲密，又怕同它的亲密日见增长，那么你就转向伟人、严肃的事物

① 这个词现在很多人译为“反讽”。

吧，在它们面前它会变得又渺小又可怜。寻求事物的深处：在深处暗嘲是走不下去的，——若是你把它引近伟大的边缘，你应该立即考量这个理解的方式（暗嘲）是不是发自你本性的一种需要。因为在严肃事物的影响下，如果它是偶然发生的，它会脱离了你；如果它真是天生就属于你，它就会强固成为一个严正的工具，而列入你创作艺术的一些方法的行列中。

第二件我今天要向你说的是：

在我所有的书中只有少数的几本是不能离身的，有两部书甚至无论我走到哪里都在我的行囊里。此刻它们也在我的身边：一部是《圣经》，一部是丹麦伟大诗人茵斯·彼得·雅阔布生[1]的书。我忽然想起，不知你读过他的著作没有。这很容易买到，因为有一部分很好的翻译在雷克拉木（Reclam）万有文库中出版。你去买他的《六篇短篇小说》和他的长篇《尼尔·律内》（*Niels Lyhne*）。你先读前一本的第一篇《摩根斯》（*Mogens*）。一个世界将要展现在你的面前，一个世界的幸福、丰富、不可捉摸的伟大。请你在这两本书里体验一些时，学你以为值得学的事物，但最重要的是你要爱它们。这种爱将为你得到千千万万的回报，并且，无论你的生活取怎样的途径，——我确信它将穿过你的成长的丝纶，在你一切经验、失望与欢悦的线索中成为最重要的一条。

如果我应该说，从谁那里我体验到一些关于创作的本质以及它的深奥与它的永恒的意义，那么我只能说出两个名字：一个是雅阔布生，伟大的诗人；一个是奥古斯特·罗丹[2]，那在现存的艺术家中无

---

① 茵斯·彼得·雅阔布生（Jens Peter Jacobsen，1847—1885），丹麦小说家、诗人，著有长、短篇小说及诗、随笔等。

② 奥古斯特·罗丹（Auguste Rodin，1840—1917），法国雕刻家，里尔克于1902年赴巴黎，拜访罗丹，于1906年曾短期任罗丹秘书。

人能与比拟的雕刻家。

愿你前途一切成功！

你的：莱内·马利亚·里尔克

1903年4月5日

意大利　皮萨（Pisa）　危阿雷觉（Viareggio）

第三封信

亲爱的、尊敬的先生：

你复活节的来信给我许多欢喜；因为它告诉我许多关于你的好消息，并且像你对于雅阔布生伟大而可爱的艺术所抒发的意见也可以证明，我把你的生活和生活上的许多问题引到这丰富的世界里来，我并没有做错。

现在你该读《尼尔·律内》了，那是一部壮丽而深刻的书；越读越好像一切都在书中，从生命最轻妙的芬芳到它沉重的果实的厚味。这里没有一件事不能被我们去理解、领会、经验，以及在回忆的余韵中亲切地认识；没有一种体验是过于渺小的，就是很小的事件的开展都像是一个大的命运，并且这命运本身像是一块奇异的广大的织物，每条线都被一只无限温柔的手引来，排在另一条线的旁边，千百条互相持衡。你将要得到首次读这本书时的大幸福，通过无数意料不到的惊奇仿佛在一个新的梦里。可是我能够向你说，往后我们读这些书时永远是个惊讶者，它们永不能失去它们的魅力，连它们首次给予读者的童话的境界也不会失掉。

我们只在那些书中享受日深，感激日笃，观察更为明确而单纯，对于生的信仰更为深沉，在生活里也更幸福博大。——

往后你要读那部叙述马丽·葛鲁伯夫人的命运与渴望的奇书[①]。还有雅阔布生的信札、日记、片断，最后还有他的诗（纵使是平庸的德文翻译），也自有不能磨灭的声韵（这时我要劝告你，遇机会时可以去买一部雅阔布生的全集，一切都在里边。共三册，译文很好，莱比锡外根·笛得利许 Eugen Diederichs 书店出版，每册据我所知只卖五六个马克）。

关于那篇非常细腻而精练的短篇小说《这里该有蔷薇……》，你对于作序者不同的意见实在很对。顺便我劝你尽可能少读审美批评的文字，——它们多半是一偏之见，已经枯僵在没有生命的硬化中，毫无意义；不然就是乖巧地卖弄笔墨，今天这派得势，明天又是相反的那派。艺术品都是源于无穷的寂寞，没有比批评更难望其边际的了。只有爱能够理解它们，把住它们，认识它们的价值。——面对每个这样的说明、评论或导言，你要相信你自己和你的感觉；万一你错误了，你内在的生命自然的成长会慢慢地随时使你认识你的错误，把你引到另外的一条路上。让你的判断力静静地发展，发展跟每个进步一样，是深深地从内心出来，既不能强迫，也不能催促。一切都是时至才能产生。让每个印象与一种情感的萌芽在自身里、在暗中、在不能言说、不知不觉、个人理解所不能达到的地方完成。以深深的谦虚与忍耐去期待一个新的豁然贯通的时刻：这才是艺术的生活，无论是理解或是创造，都一样。

不能计算时间，年月都无效，就是十年有时也等于虚无。艺术家是：不算，不数；像树木似的成熟，不勉强挤它的汁液，满怀信心

---

① 指雅阔布生的长篇小说《马丽·葛鲁伯夫人》（*Frau Marie Grubbe*）。

地立在春日的暴风雨中，也不担心后边没有夏天来到。夏天终归是会来的，但它只向着忍耐的人们走来；他们在这里，好像永恒总在他们面前，无忧无虑地寂静而广大。我天天学习，在我所感谢的痛苦中学习："忍耐"是一切！

谈到理洽特·德美尔[①]：他的书（同时也可以说他这个人，我泛泛地认识他），我觉得是这样，每逢我读到他的一页好诗时，我常常怕读到第二页，又把前边的一切破坏，将可爱之处变得索然无味。你把他的性格刻画得很对："情欲地生活，情欲地创作。"——其实艺术家的体验是这样不可思议地接近于性的体验，接近于它的痛苦与它的快乐，这两种现象本来只是同一渴望与幸福的不同的形式。若是可以不说是"情欲"，——而说是"性"，是博大的、纯洁的、没有被教会的谬误所诋毁的意义中的"性"，那么他的艺术或者会很博大而永久地重要。他诗人的力是博大的，坚强似一种原始的冲动，在他自身内有勇往直前的韵律爆发出来像是从雄浑的山中。

但我觉得，这个力并不永远是完全直率的，不无装腔作态（这对于创造者实在是一个严峻的考验，他必须永远不曾意识到、不曾预感到他最好的美德，如果他要保持住那美德的自然而混元的境地）。现在这个鼓动着他的本性的力向性的方面进发，但是它却没有找到它所需要的那个纯洁的人。那里没有一个成熟而纯洁的性的世界，只有一个缺乏广泛的"人性"，而只限于"男性"的世界，充满了情欲、迷醉与不安，为男人旧日的成见与傲慢的心所累，使爱失却了本来的面目。因为他只是作为男人去爱，不是作为人去爱，所

---

① 理洽特·德美尔（Richard Dehmel，1863—1920），德国诗人，当时享有盛名。

以在他的性的感觉中有一些狭窄、粗糙、仇恨、无常，没有永久性的成分存在，减低艺术的价值，使艺术支离晦涩。这样的艺术不会没有污点，它被时代与情欲所渲染，很少能持续存在（多数的艺术却都是这样）。虽然，我们也可以享受其中一些卓绝的地方，可是不要沉溺失迷，变成德美尔世界中的信徒；他的世界是这样无穷地烦恼，充满了奸情、迷乱，同真实的命运距离太远了；真实的命运比起这些暂时的忧郁使人更多地担受痛苦，但也给人以更多的机会走向伟大，更多的勇气向着永恒。

最后关于我的书，我很愿意送你一整份你所喜欢的。但我很穷，并且我的书一出版就不属于我了。我自己不能买，虽然我常常想赠给能够对于我的书表示爱好的人们。

所以我在另纸上写给你我最近出版的书名和出版的书局（只限于最近的；若是算上从前的共有十二三种），亲爱的先生，我把这书单给你，遇机会时你任意订购好了。

我愿意我的书在你的身边。

珍重！

你的：莱内·马利亚·里尔克

1903年4月23日

意大利　皮萨　危阿雷觉

第四封信

十天前我又苦恼又疲倦地离开了巴黎，到了一处广大的北方的平原，它的旷远、寂静与天空本应使我恢复健康。可是我却走入一个雨的季节，直到今天在风势不定的田野上才闪透出光来；于是我就用这第一瞬间的光明来问候你，亲爱的先生。

亲爱的卡卜斯先生，我很久没有答复你的信，我并没有忘记它——反而它是常常使我从许多信中检出来再读一遍的，并且在你的信里我认识你非常亲切。那是你 5 月 2 日的信，你一定记得起这封信。我现在在这远方无边寂静中重读你的信，你那对于生活的美好的忧虑感动我，比我在巴黎时已经感到的还深；在巴黎因为过分的喧嚣，一切都发出异样的声音，使万物颤栗。这里周围是伟大的田野，从海上吹来阵阵的风，这里我觉得，那些问题与情感在它们的深处自有它们本来的生命，没有人能够给你解答；因为就是最好的字句也要失去真意，如果它们要解释那最轻妙、几乎不可言说的事物。虽然，我却相信你不会永远得不到解决，若是你委身于那同现在使我的眼目为之一新的相类似的事物。若是你依托自然，依托自然中的单纯，依托于那几乎没人注意到的渺小，这渺小会不知不觉地变得庞大而不能测度；若是你对于微小都怀有这样的爱，作为一个侍奉者质朴地去赢得一些好像贫穷的事物的信赖：那么，一切对于你就较为轻易、较为一致、较为容易和解了，也许不是在那惊讶着退却的理智中，而是在你最深的意识、觉醒与悟解中得到和解。你是这样年轻，一切都在开始，亲爱的先生，我要尽我的所能请求你，对于你心里一切的疑难要多多忍耐，要去爱这些“问题的本身”，像是爱一间锁闭了的房屋，或是一本用别种文字写成的书。现在你不要去追求那些你还不能得到的答案，因为你还不能在生活里体验到它们。一切都要亲身生活。现在你就在这些问题里“生活”吧。或者，不大注意，渐渐会有那遥远的一天，你生活到了能解答这些问题的境地。也许你自身内就负有可能性：去组织、去形成一种特别幸福与纯洁的生活方式；你要向那方面修养——但是，无论什么来到，你都要以广大的信任领受；如果它是从你的意志里、从任何一种内身的窘困里产生的，那么你要好好地负担着它，什么也不要憎恶。——“性”，是很难的。可是我们分内的事都很难；其实一切严肃的事都是艰难的，而一切又是严肃的。如果你认识了这一层，并且肯这样从你自身、从你的禀性、从你的经验、你的童年、你的生命力出发，得到一种完全自己的（不是被因袭和习俗所影响的）对于“性”的关系：那么你就不要怕你有所迷惑，或是玷污了你最好的所有。

身体的快感是一种官感的体验，与净洁的观赏或是一个甜美的果实放在我们舌上的净洁的感觉没有什么不同，它是我们所应得的丰富而无穷的经验，是一种对于世界的领悟，是一切领悟的丰富与光华。我们感受身体的快感并不是坏事；所不好的是：几乎一切人都错用了、浪费了这种经验，把它放在生命疲倦的地方当作刺激，当作疏散，而不当作向着顶点的聚精会神。就是饮食，也有许多人使之失去了本意：一方面是“不足”，另一方面是“过度”，都搅混了这个需要的明朗；同样搅混的，是那些生命借以自新的一切深的、单纯的需要。但是一个“个人”能够把它认清，很清晰地生活（如果因为“个人”是要有条件的，那么我们就说是“寂寞的人”），他能够想起，动物和植物中一切的美就是一种爱与渴望的、静静延续着的形式；他能够同看植物一样去看动物，它们忍耐而驯顺地结合、增殖、生长，不是由于生理的享乐也不是由于生理的痛苦，只是顺从需要，这个需要是要比享乐与痛苦伟大，比意志与抵抗还有力。啊，人们要更谦虚地去接受、更严肃地负担这充满大地一直到极小的物体的神秘，并且去承受和感觉，它是怎样重大地艰难，不要把它看得过于容易！对于那只有“一个”的果实，不管它是身体的或是精神的，要有敬畏的心；因为精神的创造也是源于生理的创造，同属于一个本质，并且只像是一种身体快感的更轻妙、更兴奋、更有永久性的再现。至于你所说的“那个思想，去当创造者，去生产、去制作”，绝不能缺少他在世界中得到不断的伟大的证明和实现，也不能缺少从物与动物那里得来的千应万诺，——他的享受也只是因此才这样难以形容地美丽而丰富，因为他具有从数百万制作与生产中遗传下来的回忆。在一个创造者思想里会有千百个被人忘记的爱情的良宵又重新苏醒，它们以崇高的情绪填实这个思想。并且那夜间幽会、结合在狂欢中的爱人们，是在做一种严肃的工作，聚集起无数的温存，为任何一个将来后起的诗人的诗歌预备下深厚的力量，去说那难于言说的欢乐。他们把“将来”唤来；纵使他们迷惑，盲目地拥抱，“将来”终于是要到的，一个新人在生长，这里完成一个偶然，在偶然的根处有永恒的规律醒来，一颗富于抵抗的种子就以这个规律闯入那对面迎来的卵球。你不要为表面所误；在深处一切都成为规律。那些把这个神秘虚伪而错误地去生活的人们（这样的人本来很多），只是自己失掉了它，而把它往下传递，像是密封的信件，并不知它的内容。你也不要被名称的繁多和事物的复杂所迷惑。超越一切的也许是一个伟大的“母性”作为共同的渴望。那少女的、一种“还无所作为”（你这样说得很好）的本性的美是，它预感着、准备着、悚惧着、渴望着的母性。母亲的美是正在尽职的母性；一个丰富的回忆则存在于老妇的身内。但我以为在男人身内也有母性，无论是身体的或是精神的；他的创造也是一种生产，只要是从最内在的丰满中创造出来的便是生产。大半两性间的关系比人们平素所想的更密切，也许这世界伟大的革新就在于这一点：男人同女人从一切错误的感觉与嫌忌里解放出来，不作为对立面互相寻找，而彼此是兄妹或邻居一般，共同以“人”的立场去工作，以便简捷地、严肃而忍耐地负担那放在他们肩上的艰难的“性”。

凡是将来有一天许多人或能实现的事，现在寂寞的人已经可以起始准备了，用他比较确切的双手来建造。亲爱的先生，所以你要爱你的寂寞，负担那它以悠扬的怨诉给你引来的痛苦。你说，你身边的都同你疏远了，其实这就是你周围扩大的开始。如果你的亲近都离远了，那么你的旷远已经在星空下开展得很广大；你要为你的成长欢喜，可是向那里你不能带进来一个人，要好好对待那些落在后边的人们，在他们面前你要稳定自若，不要用你的怀疑苦恼他们，也不要用你的信心或欢悦惊吓他们，这是他们所不能了解的。同他们寻找出一种简单而诚挚的谐和，这种谐和，任凭你自己将来怎么转变，都无须更改；要爱惜他们那种生疏方式的生活，要谅解那些进入老境的人们；他们对于你所信任的孤独是畏惧的。要避免去给那在父母与子女间常演出戏剧增加材料；这要费去许多子女的力，消蚀许多父母的爱，纵使他们的爱不了解我们；究竟是在爱着、温暖着我们。不要向他们问计，也不要计较了解；但要相信那种为你保存下来像是一份遗产似的爱，你要信任在这爱中自有力量存在，自有一种幸福，无须脱离这个幸福才能扩大你的世界。

那很好，你先进入一个职业[①]，它使你成为独立的人，事事完全由你自己料理。你耐心地等着吧，看你内心的生活是不是由于这职业的形式而受到限制。我认为这职业是很艰难很不容易对付的，因为它被广大的习俗所累，并且不容人对于它的问题有个人的意见

① 卡卜斯被任命为奥地利军官。

存在。但是你的寂寞将在这些很生疏的关系中间是你的立足点和家乡，从这里出来你将寻得你一切的道路。

我一切的祝愿都在陪伴着你，我信任你。

你的：莱内·马利亚·里尔克

1903 年 7 月 16 日

布莱门（Bremen） 渥尔卜斯威德（Worpswede）

第五封信

亲爱的，尊敬的先生：

我在佛罗伦萨收到你 8 月 29 日的信，现在——两个月了——我才写回信告诉你。请你原谅我的迟延，——我在路上不喜欢写信，因为我写信除去必须的纸笔外还要用：一些幽静、寂寞和一个不太生疏的时刻。

我们在六个星期前到了罗马，那时还是个空虚、炎热、时疫流行的罗马，这种环境又添上许多现实生活上安排的困难，更助长围绕我们的不安，简直没有终结，使我们尝尽了异乡漂泊的痛苦。更加之以：罗马（如果我们还不认识它）在我们到达的头几天真令人窒闷悲哀：由于它放射出来的死气沉沉忧郁的博物馆的空气；由于它精华已尽而又勉强保持着的过去时代的储存（从中滋养着一个可怜的现在）；由于这些无名的、被学者和语言学家们所维护、经常不断的意大利旅游者所效仿的、对于一切改头换面或是毁败了的物品的过分的估价，根本这些物品也不过是另一个时代另一种生活的偶然的残余，这生活已经不是我们的了，而也不应该是我们的。在日日担心防范的几星期后，虽还有些纷乱，却终于回到自己的世界，我们才说：这里并不比别的地方有更多的美，这些被世世代代所叹赏的对象，都经过俗手的修补，没有意义，无所包含，没有精神，没有价值；——但这里也自有许多美，因为无论什么地方都有它的美。永远生动的流水从古老的沟渠流入这座大城，它们在许多广场的白石盘上欢舞，散入宽阔的贮水池中，昼间泠泠有声，夜晚的声音更为清澈，这里的夜色广大而星光灿烂，习习拂着轻风。并且有许多名园，使人难忘的林阴路与石阶——米霞盎基罗[1]所设计的石阶，那是按着向下流水的姿势建筑的石阶：宽宽地向下一层生出一层，像是后浪接着前浪。由于这样的印象，我们凝聚精神，从那些傲慢的、谈谈讲讲的“多数”（那是多么爱饶舌呀！）回到自身内，慢慢地学习认识“少数”，在少数的事物里延绵着我们所爱的永恒和我们轻轻地分担着的寂寞。

现在我还住在城内卡皮托[2]丘上，离那最美的从罗马艺术中保存下来的马克·奥雷尔[3]骑马式的石像不远；但是在几星期后我将迁入一个寂静而简单的地方，是一座老的望楼，它深深地消失在一片大园林里，足以躲避城市的喧嚣与纷扰。我将要在那里住一冬，享受那无边的寂静，从这寂静中我期待着良好而丰盛的时间的赠品……

到那时我将常常在家，再给你写较长的信，还要谈到关于你信中的事。今天我必须告诉你说的是（这已经是不对了，我没有早一点告诉你），你信中提到的那本书（其中想必有你的作品）没有寄到。是不是从渥尔卜斯威德给你退回去了（因为包裹不能转到外国）？

---

① 米霞盎基罗（Michelangelo，1475—1564），意大利文艺复兴时期的雕刻家、画家兼诗人。

② 卡皮托（Kapitoe），罗马七座山丘中的一座。

③ 马克·奥雷尔（Marc Aurel，118—180），罗马皇帝，著有《随感录》流传后世。

退回是最好的，我愿意得到证实。希望不要遗失——这在意大利的邮务并不是例外的事——可惜。

我很愿意接到这本书（像是我愿意接到你所写的一切一样）；还有你最近的诗（如果你寄给我），我要永远尽我的所能诚心地一读再读，好好体验。

以多多的愿望和祝福

你的：莱内·马利亚·里尔克

1903年10月29日　罗马

第六封信

我的亲爱的卡卜斯先生：

你不会得不到我的祝愿，如果圣诞节到了，你在这节日中比往日更深沉地负担着你的寂寞。若是你觉得它过于广大，那么你要因此而欢喜（你问你自己吧），哪有寂寞不是广大的呢；我们只有“一个”寂寞又大又不容易负担，并且几乎人人都有这危险的时刻，他们诚心愿意把寂寞和任何一种庸俗无聊的社交，和与任何一个不相配的人勉强谐和的假象去交换……但也许正是这些时候，寂寞在生长；它的生长是痛苦的，像是男孩的发育，是悲哀的，像是春的开始。你不要为此而迷惑。我们最需要却只是：寂寞，广大的内心的寂寞。“走向内心”，长时期不遇一人——这我们必须能够做到。居于寂寞，像人们在儿童时那样寂寞，成人们来来往往，跟一些好像很重要的事务纠缠，大人们是那样匆忙，可是儿童并不懂得他们做些什么事。

如果一天我们洞察到他们的事务是贫乏的，他们的职业是枯僵的，跟生命没有关联，那么我们为什么不从自己世界的深处，从自己寂寞的广处（这寂寞的本身就是工作、地位、职业），和儿童一样把它们当作一种生疏的事去观看呢？为什么把一个儿童聪明的“不解”抛开，而对于许多事物采取防御和蔑视的态度呢？“不解”是居于寂寞；防御与蔑视虽说是要设法和这些事物隔离，同时却是和它们发生纠葛了。

亲爱的先生，你去思考你自身负担着的世界；至于怎样称呼这思考，那就随你的心意了；不管是自己童年的回忆，或是对于自己将来的想望，——只是要多多注意从你生命里出现的事物，要把它放在你周围所看到的一切之上。你最内心的事物值得你全心全意地去爱，你必须为它多方工作；并且不要浪费许多时间和精力去解释你对于人们的态度。到底谁向你说，你本来有一个态度呢？——我知道你的职业是枯燥的，处处和你相违背，我早已看出你的苦恼，我知道，它将要来了。现在它来了，我不能排解你的苦恼，我只能劝你去想一想，是不是一切职业都是这样，向个人尽是无理的要求，尽是敌意，它同样也饱受了许多低声忍气、不满于那枯燥的职责的人们的憎恶。你要知道，你现在必须应付的职业并不见得比旁的职业被什么习俗呀、偏见呀、谬误呀连累得更厉害；若是真有些炫耀着一种更大的自由的职业，那就不会有职业在它自身内广远而宽阔，和那些从中组成真实生活的伟大事物相通了。只有寂寞的个人，他跟一个“物”一样被放置在深邃的自然规律下，当他走向刚破晓的早晨，或是向外望那充满非常事件的夜晚，当他感觉到那里发生什么事，一切地位便会脱离了他，像是脱离一个死者，纵使他正处在真正的生活的中途。亲爱的卡卜斯先生，凡是你现在做军官所必须经验的，你也许在任何一种现有的职业里都会感到，甚至纵使你脱离各种职务，独自向社会寻找一种轻易而独立的接触，这种压迫之感也不会对你有什么减轻。——到处都是一样：但是这并不足使我们恐惧悲哀；如果你在人我之间没有谐和，你就试行与物接近，它们不会遗弃你；还有夜，还有风——那吹过树林、掠过田野的风；在物中间和动物那里，一切都充满了你可以分担的事；还有儿童，他们同你在儿时所经验过的一样，又悲哀，又幸福，——如果你想起你的童年，你就又在那些寂寞的儿童中间了，成人们是无所谓的，他们的尊严没有价值。

若是你因为对于童年时到处可以出现的神已经不能信仰，想到童年，想到与它相连的那种单纯和寂静，而感到苦恼不安，那么，亲爱的卡卜斯先生，你问一问自己，你是不是真把神失落了？也许正相反，你从来没有得到他？什么时候应该有过神呢？你相信吗，关于神，一个儿童能够把住他，成人们只能费力去负担他，而他的重量足以把老人压倒？你相信吗，谁当真有他，又能把他像一块小石片似的失落？或者你也不以为吗，谁有过他，还只能被他丢掉？——但如果你认识到，他在你的童年不曾有过，从前也没有生存过；如果你觉得基督是被他的渴望所欺，穆罕默德是被他的骄傲所骗，——如果你惊愕地感到，就是现在，就是我们谈他的这个时刻，他也没有存在；——那么，什么给你以权利，觉得缺少这从来不曾有过的神像是丧失一个亡人，并且寻找他像是找一件遗失的物品呢？

你为什么不这样想，想他是将要来到的，他要从永恒里降生，是一棵树上最后的果实，我们不过是这树上的树叶？是谁阻拦你，不让你把他的诞生放在将来转变的时代，不让你度过你的一生像是度过这伟大的孕期内又痛苦又美丽的一日？你没有看见吗，一切发生的事怎样总是重新开始？那就不能是神的开始吗？啊，开端的本身永远是这般美丽！如果他是最完全的，那么较为微小的事物在他以前就不应该存在吗，以便他从丰满与过剩中能够有所选择？——

他不应该是个最后者吗，将一切握诸怀抱？若是我们所希求的他早已过去了，那我们还有什么意义呢？

像是蜜蜂酿蜜那样，我们从万物中采撷最甜美的资料来建造我们的神。我们甚至以渺小，没有光彩的事物开始（只要是由于爱），我们以工作，继之以休息，以一种沉默，或是以一种微小的寂寞的欢悦，以我们没有朋友、没有同伴单独所做的一切来建造他，他，我们并不能看到，正如我们的祖先不能看见我们一样。可是那些久已逝去的人们，依然存在于我们的生命里，作为我们的禀赋，作为我们命运的负担，作为循环着的血液，作为从时间的深处升发出来的姿态。

现在你所希望不到的事，将来不会有一天在最遥远、最终极的神的那里实现吗？

亲爱的卡卜斯先生，在这虔诚的情感中庆祝你的圣诞节吧，也许神正要用你这生命的恐惧来开始；你过的这几天也许正是一切在你生命里为他工作的时期，正如你在儿时已经有一次很辛苦地为他工作过一样。好好地忍耐，不要沮丧，你想，如果春天要来，大地就使它一点点地完成，我们所能做的最少量的工作，不会使神的生成比起大地之于春天更为艰难。

祝你快乐，勇敢！

你的：莱内·马利亚·里尔克

1903年12月23日　罗马

第七封信

我的亲爱的卡卜斯先生：

自从我接到你上次的来信，已经过了许久。请你不要见怪；先是工作，随后是事务的干扰，最后是小病，总阻挡着我给你写回信，因为我给你写信是要在良好平静的时刻。现在我觉得好些了（初春的恶劣多变的过渡时期在这里也使人觉得很不舒适），亲爱的卡卜斯先生，我问候你，并且（这是我衷心愿做的事）就我所知道的来回答你。

你看，我把你的十四行诗抄下来了，因为我觉得它美丽简练，是在很适当的形式里产生的。在我所读到的你的诗中，这是最好的一首。现在我又把它誊抄给你，因为我以为这很有意义，并且充满新鲜的体验，在别人的笔下又看到自己的作品。你读这首诗，像是别人做的，可是你将要在最深处感到它怎样更是你的。

这是我的一种快乐，常常读这首十四行诗和你的来信；为了这两件事我感谢你。

在寂寞中你不要彷徨迷惑，由于你自身内有一些愿望要从这寂寞里脱身。——也正是这个愿望，如果你平静地、卓越地，像一件工具似的去运用它，它就会帮助你把你的寂寞扩展到广远的地方。一般人（用因袭的帮助）把一切都轻易地去解决，而且按着轻易中最轻易的方面；但这是很显然的，我们必须认定艰难；凡是生存者都认定，自然界中一切都是按照自己的方式生长，防御，表现出来自己，无论如何都要生存，抵抗一切反对的力量。我们知道的很少；但我们必须委身于艰难却是一件永不会丢开我们的信念。寂寞地生存是好的，因为寂寞是艰难的；只要是艰难的事，就有使我们更有理由为它工作。

爱，很好；因为爱是艰难的。以人去爱人；这也许是给与我们的最艰难、最重大的事，是最后的实验与考试，是最高的工作，别的工作都不过是为此而做的准备。所以一切正在开始的青年们还不能爱；他们必须学习。他们必须用他们整个的生命、用一切的力量，集聚他们寂寞、痛苦和向上激动的心去学习爱。可是学习的时期永远是一个长久的专心致志的时期，爱就长期地深深地侵入生命——寂寞，增强而深入的孤独生活，是为了爱着的人。爱的要义并不是什么倾心、献身、与第二者结合（那该是怎样的一个结合呢，如果是一种不明了，无所成就、不关重要的结合？），它对于个人是一种崇高的动力，去成熟，在自身内有所完成，去完成一个世界，是为了另一个人完成一个自己的世界，这对于他是一个巨大的、不让步的要求，把他选择出来，向广远召唤。青年们只应在把这当作课业去工作的意义中（“昼夜不停地探索，去锤炼”）去使用那给与他们的爱。至于倾心、献身，以及一切的结合，还不是他们的事（他们还须长时间地节省、聚集），那是最后的终点，也许是人的生活现在还几乎不能达到的境地。

但是青年们在这方面常常错误得这样深（因为在他们本性中没有忍耐），如果爱到了他们身上，他们便把生命任意抛掷，甚至陷入窒闷、颠倒、紊乱的状态；——但随后又该怎样呢？这支离破碎的聚合（他们自己叫作结合，还愿意称为幸福），还能使生活有什么成就吗？能过得去吗？他们的将来呢？这其间每个人都为了别人失掉自己，同时也失掉别人，并且失掉许多还要来到的别人，失掉许多广远与可能性；把那些轻微的充满预感的物体的接近与疏远，改换成一个日暮穷途的景况，什么也不能产生；无非是一些厌恶、失望与贫乏，不得已时便在因袭中寻求补救，有大宗因袭的条例早已准备好了，像是避祸亭一般在这危险的路旁。在各种人类的生活中没有比爱被因袭的习俗附饰得更多的了，是无所不用其极地发明许多救生圈、游泳袋、救护船；社会上的理解用各种样式设下避难所，因为它倾向于把爱的生活也看作是一种娱乐，所以必须轻率地把它形成一种简易、平稳、毫无险阻的生活，跟一切公开的娱乐一样。

诚然也有许多青年错误地去爱，即随随便便地赠与，不能寂寞（一般总是止于这种境地——），他们感到一种失误的压迫，要按照他们自己个人的方式使他们已经陷入的境域变得富有生力和成果；——因为他们的天性告诉他们，爱的众多问题还比不上其他的重要的事体，它们可以公开地按照这样或那样的约定来解决；都不过是人与人之间切身问题，它们需要一个在各种情况下都新鲜而特殊、“只是”个人的回答——但，他们已经互相抛掷在一起，再也不能辨别、区分，再也不据有自己的所有，他们怎么能够从他们自身内从这已经埋没的寂寞的深处寻得一条出路呢？

他们的行为都是在通常无可告援的情势下产生的，如果他们以最好的意愿要躲避那落在他们身上的习俗（譬如说结婚），也还是陷入一种不寻常、但仍同样是死气沉沉限于习俗的解决的网中；因为他们周围的一切都是——习俗；从一种很早就聚在一起的、暗淡的结合中表演出来的只是种种限于习俗的行动；这样的紊乱昏迷之所趋的每个关系，都有它的习俗，即使是那最不常见的（普通的意义叫作不道德的）也在内；是的，甚至于“分离”也几乎是一种习俗的步骤，是一种非个性的偶然的决断，没有力量，没有成果。

谁严肃地看，谁就感到，同对于艰难的“死”一样，对于这艰难的“爱”还没有启蒙，还没有解决，还没有什么指示与道路被认识；并且为了我们蒙蔽着、负担着、传递下去，还没有显现的这两个任务，也没有共同的、协议可靠的规律供我们探讨。但是在我们只作为单独的个人起始练习生活的程度内，这些伟大的事物将同单独的个人们在更接近的亲切中相遇。艰难的爱的工作对于我们发展过程的要求是无限地广大，我们作为信从者对于那些要求还不能胜任。但是，如果我们坚持忍耐，把爱作为重担和学业担在肩上，而不在任何浅易和轻浮的游戏中失掉自己（许多人都是一到他们生存中最严肃的严肃面前，便隐藏在游戏的身后）——那么将来继我们而来的人们或许会感到一点小小的进步与减轻；这就够好了。

可是我们现在正应该对于一个单独的人和另一个单独的人的关系，没有成见、如实地观察；我们试验着在这种关系里生活，面前并没有前例。可是在时代的变更中已经有些事，对于我们小心翼翼的开端能有所帮助了。

少女和妇女，在她们新近自己的发展中，只暂时成为男人恶习与特性的模仿者，男人职业的重演者。经过这样不稳定的过程后，事实会告诉我们，妇女只是从那（常常很可笑的）乔装的成功与变化中走过，以便把她们自己的天性从男性歪曲的影响中洗净。至于真的生命是更直接、更丰富、更亲切地在妇女的身内，根本上她们早应该变成比男人更纯净、更人性的人们；男人没有身体的果实，只生活于生活的表面之下，傲慢而急躁，看轻他们要去爱的事物。如果妇女将来把这“只是女性”的习俗在她们外在状态的转变中脱去，随后那从痛苦与压迫里产生出的妇女的“人性”就要见诸天日了，这是男人们现在还没有感到的，到那时他们将从中受到惊奇和打击。有一天（现在北欧的国家里已经有确切的证明）新的少女来到，并且所谓妇女这个名词，她不只是当作男人的对立体来讲，却含有一些独立的意义，使我们不再想到“补充”与“界限”，只想到生命与生存——女性的人。

这个进步将要把现在谬误的爱的生活转变（违背着落伍的男人们的意志），从根本更改，形成一种人对于人，不是男人对于女人的关系。并且这更人性的爱（它无限地谨慎而精细，良好而明晰地在结合与解脱中完成），它将要同我们辛辛苦苦地预备着的爱相似，它存在于这样的情况里：两个寂寞相爱护，相区分，相敬重。

还有：你不要以为，那在你童年曾经有过一次的伟大的爱已经失却了；你能说吗，那时并没有伟大的良好的愿望在你的生命里成熟，而且现在你还从中吸取养分？我相信那个爱是强有力地永在你的回忆中，因为它是你第一次的深的寂寞，也是你为你生命所做的每一次的内心的工作。——祝你一切安好，亲爱的卡卜斯先生！

你的：莱内·马利亚·里尔克

1904 年 5 月 14 日　罗马

十四行诗

我生命里有一缕阴深的苦恼
颤动，它不叹息，也不抱怨。
我梦里边雪一般的花片
是我寂静的长日的祭祷。

但是大问题梗住我的小道。
我变得渺小而凄凉
像是走过一座湖旁，

我不敢量一量湖水的波涛。

一种悲哀侵袭我，这般愁惨
好似暗淡的夏夜的苍茫
时时闪露出一点星光；

于是我的双手向着爱试探，
因为我想祈求那样的声调，
我热烈的口边还不能找到……

——弗兰斯·卡卜斯

第八封信

亲爱的卡卜斯先生：

我想再和你谈一谈，虽然我几乎不能说对你有所帮助以及对你有一些用处的话。你有过很多大的悲哀，这些悲哀都已过去了。你说，这悲哀的过去也使你非常苦恼。但是，请你想一想，是不是这些大的悲哀并不曾由你生命的中心走过？当你悲哀的时候，是不是在你生命里并没有许多变化，在你本性的任何地方也无所改变？危险而恶劣的是那些悲哀，我们把它们运送到人群中，以遮盖它们的声音；像是敷敷衍衍治疗的病症，只是暂时退却，过些时又更可怕地发作；它们聚集在体内，成为一种没有生活过、被摈斥、被遗弃的生命，能以使我们死去。如果我们能比我们平素的知识所能达到的地方看得更远一点，稍微越过我们预感的前哨，那么也许我们将会以比担当我们的欢悦更大的信赖去担当我们的悲哀。因为它们（悲哀）都是那些时刻，正当一些新的、陌生的事物侵入我们生命；我们的情感蜷伏于怯懦的局促的状态里，一切都退却，形成一种寂静，于是这无人认识的“新”就立在中间，沉默无语。

我相信几乎我们一切的悲哀都是紧张的瞬间，这时我们感到麻木，因为我们不再听到诧异的情感生存，因为我们要同这生疏的闯入者独自周旋；因为我们平素所信任的与习惯的都暂时离开了我们；因为我们正处在一个不能容我们立足的过程中。可是一旦这不期而至的新事物迈进我们的生命，走进我们的心房，在心的最深处化为乌有，溶解在我们的血液中，悲哀也就因此过去了。我们再也经验不到当时的情形。这很容易使我们相信前此并没有什么发生；其实我们却是改变了，正如一所房子，走进一位新客，它改变了。我们不能说，是谁来了，我们往后也许不知道，可是有许多迹象告诉我们，在“未来”还没有发生之前，它就以这样的方式潜入我们的生命，以便在我们身内变化。所以我们在悲哀的时刻要安于寂寞，多注意，这是很重要的：因为当我们的“未来”潜入我们的生命的瞬间，好像是空虚而枯僵，但与那从外边来的、为我们发生的喧嚣而意外的时刻相比，是同生命接近得多。我们悲哀时越沉静，越忍耐，越坦白，这新的事物也越深、越清晰地走进我们的生命，我们也就更好地保护它，它也就更多地成为我们自己的命运；将来有一天它“发生”了（就是说：它从我们的生命里出来向着别人走进），我们将在最内心的地方感到我们同它亲切而接近，并且这是必要的。是必要的，——我们将渐渐地向那方面发展，——凡是迎面而来的事，是没有生疏的，都早已属于我们了。人们已经变换过这么多运转的定义，将来会渐渐认清，我们所谓的命运是从我们“人”里出来，并不是从外边向着我们“人”走进。只因为有许多人，当命运在他们身内生存时，他们不曾把它吸收，化为已有，所以他们也认不清，有什么从他们身内出现；甚至如此生疏，他们在仓皇恐惧之际，以为命运一定是正在这时走进他们的生命，因为他们确信自己从来没有见过这样类似的事物。正如对于太阳的运转曾经有过长期的蒙惑那样，现在人们对于未来的运转，也还在同样地自欺自蔽。其实“未来”站得很稳，亲爱的卡卜斯先生，但是我们动转在这无穷无尽的空间。

我们怎么能不感觉困难呢？

如果我们再谈到寂寞，那就会更明显，它根本不是我们所能选择或弃舍的事物。我们都是寂寞的。人能够自欺，好像并不寂寞。只不过如此而已。但是，那有多么好呢，如果我们一旦看出，我们都正在脱开这欺骗的局面。在其间我们自然要发生眩昏；因为平素我们的眼睛看惯了的一切这时都忽然失去，再也没有亲近的事物，一切的远方都是无穷的旷远。谁从他的屋内没有准备，没有过程，忽然被移置在一脉高山的顶上，他必会有类似的感觉；一种无与伦比的不安被交付给无名的事物，几乎要把他毁灭。他或许想象会跌落，或者相信会被抛掷在天空，或者粉身碎骨；他的头脑必须发现多么大的谎话，去补救、去说明他官感失迷的状态。一切的距离与尺度对于那寂寞的人就有了变化；从这些变化中忽然会有许多变化发生。跟在山顶上的那个人一样，生出许多非常的想象与稀奇的感觉，它们好像超越了一切能够担当的事体。但那是必要的，我们也体验这种情况。我们必须尽量广阔地承受我们的生存；一切，甚至闻所未闻的事物，都可能在里边存在。根本那是我们被要求的惟一的勇气：勇敢地面向我们所能遇到的最稀奇、最吃惊、最不可解的事物。就因为许多人在这意义中是怯懦的，所以使生活受了无限的损伤；人们称作

“奇象”的那些体验、所谓“幽灵世界”、死，以及一切同我们相关联的事物，它们都被我们日常的防御挤出生活之外，甚至我们能够接受它们的感官都枯萎了。关于“神”，简直就不能谈论了。但是对于不可解的事物的恐惧，不仅使个人的生存更为贫乏，并且人与人的关系也因之受到限制，正如从有无限可能性的河床里捞出来，放在一块荒无不毛的岸上。因为这不仅是一种惰性，使人间的关系极为单调而陈腐地把旧事一再重演，而且是对于任何一种不能预测、不堪胜任的新的生活的畏缩。但是如果有人对于一切有了准备，无论什么，甚至最大的哑谜，也不置之度外，那么他就会把同别人的关系，当作生动着的事物去体验，甚至充分理解自己的存在。正如我们把各个人的存在看成一块较大或较小的空间，那么大部分人却只认识了他们空间的一角、一块窗前的空地，或是他们走来走去的一条窄道。这样他们就有一定的安定。可是那危险的不安定是更人性的，它能促使亚仑·坡[①]的故事里的囚犯摸索他们可怕的牢狱的形状，而熟悉他们住处内不可言喻的恐怖。但我们不是囚犯，没有人在我们周围布置了陷阱，没有什么来恐吓我们，苦恼我们。我们在生活中像是在最适合于我们的元素里，况且我们经过几千年之久的适应和生活是这样地相似了，如果我们静止不动，凭借一种成功的模拟，便很难同我们周围的一切有所区分。我们没有理由不信任我们的世界，因为它并不敌对我们。如果它有恐惧，就是我们的恐惧；它有难测的深渊，这深渊是属于我们的；有危险，我们就必须试行去爱这些危险。若是我们把我们的生活，按照那叫我们必须永远

① 亚仑·坡（Allan poe，1809—1849），美国小说家，诗人，以描写神秘恐怖故事知名。这里指的是他的一篇小说《深坑和钟摆》（*The Pit and the Pendulum*），描述一个被判处死刑的人在黑暗的牢狱里摸索墙壁、猜度牢狱形状的恐怖情况。

把握艰难的原则来处理，那么现在还最生疏的事物就会变得最亲切、最忠实的了。我们怎么能忘却那各民族原始时都有过的神话呢；恶龙在最紧急的瞬间变成公主的那段神话；也许我们生活中一切的恶龙都是公主们，她们只是等候着，美丽而勇敢地看一看我们。也许一切恐怖的事物在最深处是无助的，向我们要求救助。

亲爱的卡卜斯先生，如果有一种悲哀在你面前出现，它是从未见过的那样广大，如果有一种不安，像光与云影似的掠过你的行为与一切工作，你不要恐惧。你必须想，那是有些事在你身边发生了；那是生活没有忘记你，它把你握在手中，它永不会让你失落。为什么你要把一种不安、一种痛苦、一种忧郁置于你的生活之外呢，可是你还不知道，这些情况在为你做什么工作？为什么你要这样追问，这一切是从哪里来，要向哪里去呢？可是你要知道，你是在过渡中，要愿望自己有所变化。如果你的过程里有一些是病态的，你要想一想，病就是一种方法，有机体用以从生疏的事物中解放出来；所以我们只须让它生病，使它有整个的病发作，因为这才是进步。亲爱的卡卜斯先生，现在你自身内有这么多的事发生，你要像一个病人似的忍耐，又像一个康复者似的自信；你也许同时是这两个人。并且你还须是看护自己的医生。但是在病中常常有许多天，医生除了等候以外，什么事也不能做。这就是（当你是你的医生的时候），现在首先必须做的事。

对于自己不要过甚地观察。不要从对你发生的事物中求得很快的结论，让它们单纯地自生自长吧。不然你就很容易用种种（所谓道德的）谴责回顾你的过去，这些过去自然和你现在遇到的一切很有关系。凡是从你童年的迷途、愿望、渴望中在你身内继续影响着的事，它们并不让你回忆，供你评判。一个寂寞而孤单的童年非常的情况是这样艰难，这样复杂，受到这么多外来的影响，同时又这样脱开了一切现实生活的关联，纵使在童年有罪恶，我们也不该简捷了当地称作罪恶。对于许多名称，必须多多注意；常常只是犯罪的名称使生命为之破碎，而不是那无名的、个人的行为本身，至于这个行为也许是生活中规定的必要，能被生活轻易接受的。因为你把胜利估量得过高，所以你觉得力的消耗如此巨大；胜利并不是你认为已经完成的“伟大”，纵使你觉得正确；“伟大”是你能以把一些真的、实在的事物代替欺骗。不然你的胜利也不过是一种道德上的反应，没有广大的意义，但是它却成为你生活的一个段落。亲爱的卡卜斯先生，关于你的生活，我有很多的愿望。你还记得吗，这个生活是怎样从童年里出来，向着“伟大”渴望？我看着，它现在又从这些伟大前进，渴望更伟大的事物。所以艰难的生活永无止境，但因此生长也无止境。

如果我还应该向你说一件事，那么就是：你不要相信，那试行劝慰你的人是无忧无虑地生活在那些有时对你有益的简单而平静的几句话里。他的生活有许多的辛苦与悲哀，他远远地专诚帮助你。不然，他就绝不能找到那几句话。

你的：莱内·马利亚·里尔克

1904 年 8 月 12 日

瑞典　弗拉底（Flädie）　波格比庄园（Borgeby gàrb）

第九封信

我亲爱的卡卜斯先生：

在这没有通信的时期内，我一半是在旅途上，一半是事务匆忙，使我不能写信。今天我写信也是困难的，因为我已经写了许多封，手都疲倦了。若是我能以口述给旁人写，我还能向你说许多，可是现在你只好接受这寥寥几行来报答你的长信。

亲爱的卡卜斯先生，我常常思念你，并且以这样专诚的愿望思念你，总要对你有所帮助。但是我的信到底能不能帮助你，我却常常怀疑。你不要说：它们能够帮助你。你只安心接受这些信吧，不必说感谢的话，让我们等着，看将要有什么事情来到。

现在我对于你信里个别的字句加以探讨，大半是没有用的；因为我关于你疑惑的倾向，关于你内外生活和谐的不可能，关于另外苦恼着你的一切——我所能说的，还依然是我已经说过的话：还是愿你自己有充分的忍耐去担当，有充分单纯的心去信仰；你将会越来越信任艰难的事物和你在众人中间感到的寂寞。以外就是让生活自然进展。请你相信：无论如何，生活是合理的。

谈到情感：凡是使你集中向上的情感都是纯洁的；但那只捉住你本性的一方面，对你有所伤害的情感是不纯洁的。凡是在你童年能想到的事都是好的。凡能够使你比你从前最美好的时刻还更丰富的，都是对的。各种提高都是好的，如果它是在你“全”血液中，如果它不是迷醉，不是忧郁，而是透明到底的欢悦。你了解我的意思吗？

就是你的怀疑也可以成为一种好的特性，若是你好好“培养”它。它必须成为明智的，它必须成为批判。——当它要伤害你一些事物时，你要问它，这些事物“为什么”丑恶，向它要求证据，考问它，你也许见它仓皇失措，也许见它表示异议。但你不要让步，你同它辩论，每一回都要多多注意，立定脚步，终于有一天它会从一个破坏者变成你的一个最好的工作者，——或许在一切从事于建设你的生活的工作者中它是最聪明的一个。

亲爱的卡卜斯先生，这是我今天所能向你说的一切。我附寄给你我一篇短的作品的抽印本[①]，这是在布拉格出版的《德意志工作》中发表的。在那里我继续着同你谈生和死，以及它们的伟大与美丽。

你的：莱内·马利亚·里尔克

1904 年 11 月 1 日

瑞典　央思雷德（Jonsered）　弗卢堡（Fruburg）

第十封信

亲爱的卡卜斯先生：

你该知道，我得你这封美好的信，我是多么欢喜。你给我的消息真实、诚挚，又像你从前那样，我觉得很好，我越想越感到那实在是好的消息。我本来想在圣诞节的晚间给你写信，但是这一冬我多方从事没有间断的工作，这古老的节日是这样快地走来了，使我没有时间去做我必须处理的事，更少写信。

但是在节日里我常常思念你，我设想你是怎样寂静地在你寂寞的军垒中生活，两旁是空旷的高山，大风从南方袭来，好像要把这些山整块地吞了下去。

这种寂静必须是广大无边，好容许这样的风声风势得以驰骋，如果我想到，更加上那辽远的海也在你面前同时共奏，像是太古的谐音中最深处的旋律，那么我就希望你能忠实地、忍耐地让这大规模的寂寞在你身上工作，它不再能从你的生命中消灭；在一切你要

① 系里尔克的散文诗《旗手克里斯多夫·里尔克的爱与死之歌》（*Die weise von Liebe und Tod des Cornets Christoph Rilke*）。

去生活要去从事的事物中，它永远赓续着像是一种无名的势力，并且将确切地影响你，有如祖先的血在我们身内不断地流动，和我们自己的血混为惟一的、绝无仅有的一体，在我们生命的无论哪一个转折。

是的：我很欢喜，你据有这个固定的、可以言传的生存，有职称，有制服，有任务，有一切把得定、范围得住的事物，它们在这同样孤立而人数不多的军队环境中，接受严肃与必要的工作，它们超越军队职业与游戏与消遣意味着一种警醒的运用，它们不仅容许，而且正好培养自主的注意力。我们要在那些为我们工作、时时置我们于伟大而自然的事物面前的情况中生活，这是必要的一切。

艺术也是一种生活方式，无论我们怎样生活，都能不知不觉地为它准备；每个真实的生活都比那些虚假的、以艺术为号召的职业跟艺术更为接近，它们炫耀一种近似的艺术，实际上却否定了、损伤了艺术的存在，如整个的报章文字、几乎一切的批评界、四分之三号称文学和要号称文学的作品，都是这样。我很高兴，简捷地说，是因为你经受了易于陷入的危险，寂寞而勇敢地生活在任何一处无情的现实中。即将来到的一年会使你在这样的生活里更为坚定。

你的：莱内·马利亚·里尔克

1908 年圣诞节第二日　巴黎

读者回函

书名：

姓名：　　　　□女 □男　　　　年龄：

地址：

电话：

Email：

学历：□高中（含高中以下）□专科 □本科 □研究生及以上

职业：□学生 □自由职业者 □一般职员 □中高级主管 □个体经营者 □其他

请问您平均每月购买几本书？

□4本以下 □4—10本 □10—20本 □20本以上

请问您的阅读习惯是？

□文学小说 □心灵励志 □艺术设计 □生活美学 □戏剧舞蹈 □地理地图

□旅游 □经济 □历史 □建筑 □传记 □宗教哲学 □其他

请问您从何处知道此书？

□书店 □报纸 □书评 □广播 □电视 □网络 □亲友介绍 □其他

请问您在何处购买了本书？

□实体书店 □网上书店

您购买本书的主要原因是？（单选）

□工作或生活所需 □主题吸引 □亲友介绍 □书封精美 □喜欢作者 □促销活动

□媒体推荐 □喜欢漓江出版社 □其他

您觉得本书如何？

书名：□很好 □普通 □待加强

创意：□很好 □普通 □待加强

封面：□很好 □普通 □待加强

内容：□很好 □普通 □待加强

印制：□很好 □普通 □待加强

价格：□偏低 □适中 □偏高

您还想读到哪些著译俱佳的作译者的作品？

您对本书及漓江出版社的宝贵建议：

阅读，让我们相遇

“南环路22号”读者俱乐部欢迎您的到来!

读者朋友您好，认真填写完背面的“读者回函”，有以下几种方式可以找到我们：

1. 沿虚线裁下“读者回函”，找点儿空闲，跑一趟邮局，来一场久违的寄信之旅。我们的地址就在本页下方。等着您——

2. 为“读者回函”拍一张清晰的照片，扫描关注“南环路22号”，第一时间发送过来。

3. 为“读者回函”拍一张清晰的照片，Email给我们。

不论来信，还是扫码，还是电邮的读者，一旦收到您的“读者回函”，即可成为“南环路22号”读者俱乐部的会员。**前50名读者，可获赠样书一册。**

会员特有福利：

No.1 通过“南环路22号”公众号购书尽享折扣，绝对有惊喜!

No.2 第一时间获得新书资讯，满足您爱文学、爱读书的小渴望。您的阅读清单就让我们承包吧!

No.3 成为新书试读员，可参与撰写书评文字，公众号择优发布。您的一字一句，我们都会倍加重视。

地址：广西桂林市南环路22号漓江出版社中外文学编辑部

电话：0773－2583397

传真：0773－2583000

邮政编码：541002

邮箱：zhongwaiwenxue111@163.com

南环路22号